내가 좋아하는 것들, 소설

내가 좋아하는 것들, 소설

김슬기 지음

011

스토리닷

소설의 결말에 이르면, 단거리 달리기 결승점처럼 속도를 줄이지 못해
한참이고 더 뛰어나가야 하는 마음이 되었다.

34쪽

그 후 며칠 동안 소설과 출퇴근을 함께했다.

45쪽

소설책 몇 권과 포카칩과 오징어땅콩 한 봉지씩을 사다가
침대 위에서 부스러기를 잔뜩 흘리며 킬킬대고 엉엉 울며
소설을 온전히 소비하고 싶어지는 그런 때.
55쪽

좋은 소설을 다 읽고 나면,
누군가가 내뿜는 따뜻한 입김 근처에
오래도록 머물다 온 것만 같다.

57쪽

"잘하는 것을 잊지 않는 게 가장 중요해요."
76쪽

"오늘이 '소설(小雪)'이래요. 작은 눈, 그러니까 첫눈이 내리는 날이래요.
소설에 부치는 소설들. 뭔가 예감이 좋죠."

91쪽

따뜻한 커피 한 잔을 앞에 놓고 우리는 또 소설 이야기를 한다.
106쪽

당신은 소설 속 세상에서 자유롭게 유영했으면 좋겠다. 그랬으면 좋겠다.

113쪽

막막함이 밀려올 땐 잘 자는 반려견 우주를 깨워 쓰다듬고 괜히 안부를 묻는다.
124쪽

가난하고 소박한 공간이지만 그래도 어찌어찌 오늘도 이곳에서 쓴다.

137쪽

나를 들여다본다는 것, 나 자신을 아낀다는 건 이런 것이구나. 나는 뒤늦게 깨달았다.
178쪽

의미는 불가사리를 별로 만든다.

182쪽

차례

에필로그

부록

프롤로그

좋아하는 소설을 끌어안고, '쓰는 인간'으로 버틴다

일 때문에 낯선 사람과 만나야 할 일이 생겼다. 오랜만에 단정히 옷을 차려입고, 버스로 30분 거리의 약속 장소에 갔다. 반갑습니다, 인사를 하는데 상대가 명함 하나를 건네왔다. 나는 건넬 것이 없었다. 빈손이 허전해 손바닥을 바지 위에 비벼댔다.

집에 돌아오자마자 명함을 만들기 위해 컴퓨터 앞에 앉았다. 명함 만드는 일은 참 쉬웠다. 마음에 드는 템플릿 하나를 골라, 정보를 입력하면 끝이었다. 가격도 저렴했다. 200장에 2만 8천 원이면 되었다. 회사에서 쥐여주던 명함이 아닌, 내가 직접 나를 증명하는 명함. 벅차올랐다. 신나게 이름 석 자와 전화번호를 새겨 넣었다. 기본 정보 외에 나를 증명하는 일만 남았는데, 쓸 말이 없었다. 난감했다. 손바닥 절반도 안 되는 명함이 광활하게 넓어 보였다. 한참을 머뭇거리다가 떠올린 단어를 또박또박 써넣었다.

'쓰는 인간.' 명함 200장은 이틀 만에 배송됐지만, 명함을 쓸 일은 좀처럼 찾아오지 않았다. 그러던 어느 날, 나를 소개할 자리가 생겼다. 나는 신이 나서 가방에서 명함 하나를 꺼내 상대에게 건넸다. 중년의 남성은 안경을 고쳐 쓰며 흥미롭다는 듯 얘기했다. "쓰는 인간이라. 요즘 젊은이답네요." 글을 쓰면 요즘 젊은이다워지는 것일까. 나는 고개를 갸웃거렸다. "한 번 사는 인생 다 쓰고 가야지요. 돈도, 시간도." 그의 감상평을 듣고 나서야 이해가 되었다. 쓴다는 건 그렇게 읽히는 게 먼저일 수 있겠구나. 짧은 해명을 해야 했다. "저는 글을 씁니다. 글 쓰는 인간이에요."

쓰는 인간은 쓴다. 회사 생활을 하며 저축한 돈을 쓴다. 소설 쓰느라 젊음의 시간을 쓴다. 돌아가지 않는 머리를 쓴다. 아직도 소설 쓰고 앉아 있냐, 물으면 모자 대신 부끄러움을 뒤집어쓴다. 붉어진 얼굴로 씩씩대며 마음을 쓴다. 내가 쓴 글들의 무덤을 쓴다. 며칠 묻어둔 것들을 다시 파내어 쓴다. 한 장씩, 야금야금. 새로이 만나는 사람들에게 명함을 쓴다. 쓰고, 쓰고, 쓰고, 쓴다. 쓰는 일이 쓰다.

"소설 쓰고 앉아 있네."

소설 쓰고 앉아 있다. 누군가는 겨울에 굶어 죽고야마는 베짱이라며 비아냥대며 말하지만, 이 말은 내겐 자랑에 가까운 말이다. 좋아하는 소설을 끌어안고, '쓰는 인간'으로 버틴다. 매료하는 글쓰기란 여전히 요원하게 느껴지지만, 글을 쓰며 조금씩 사람을 더 이해하는 데 익숙해지는 것은 분명하다. 이해해서 사랑하는 법을 익힌다.

소설 좋아하는 일을 책으로 엮어보면 좋겠다는 제안을 받고, 혼자 엉덩이춤을 췄다. 반려견 우주가 캉캉, 짖으며 그만하라고 할 때까지 춤을 췄다. 쓰임이 있다는 것은 그렇게 기쁜 일. 흩어져 있던 소설을 향한 마음을 모았다. 무언가를 좋아하는 내 마음, 내가 가장 잘 아는 줄 알았는데 써보니 달랐다. 기쁘고, 슬프고, 즐겁고, 막막하고, 멀고 가까운 무수한 단어들이 남았다. 글을 마주하고 나서야 깨닫는다. 내 마음을 이제야 어렴풋이 알 것 같다.

에세이는 소설과 달리 숨을 곳이 없다. 8차선 위에서 벌거벗고 춤을 추는 것과 같다. 아직 햇병아리 작가가 소설을 읽고 쓰는 삶을 예찬할 수 있는 방법이라곤, 온몸을 드러내 증명하는 수밖에 없는 것 같았다. 소설에 대해 얘기하자면서, 자꾸 나의 지질한 삶의 이야기가 주인공처럼 보이는 것은 능력 부족 탓이다.

부족한 글을 읽어주는 고운 마음을 생각하면 엎드려 절을 올리고 싶은 마음이지만, 감히 작은 바람 하나도 드러내본다. 지질한 나의 이야기 끝에 단 한 명이라도 소설 쓰고 싶다, 생각하게 된다면 그리하여 책상 앞에 앉아 읽거나 쓰는 용기를 얻는다면 행복하겠다.

나의 해방 소설

박상영 작가의 소설을 좋아한다. 아니, 사랑한다. 오매
불망 그가 쓴 새 책이 나오기를 기다린다. 신간 소식이 들
려오면 가까운 서점에 얼른 뛰어가 구매해 앉은 자리에서
뚝딱 읽어버린다. 그러곤 다음 책이 언제 나오게 될까 또
기다리게 되는 것이다. 그의 책을 나의 작은 책장 가장 잘
보이는 곳에 꽂아두고, 넘치는 마음을 어찌하지 못한다.
책상에 앉아 내 소설의 끊어진 부분을 들여다본다. 더 잇
지 못할 것 같던 이야기들이 소곤소곤 비밀 이야기를 들려
주는 것만 같다. 이내 수다스럽게 떠들어대는 이야기들을
백지 위에 새겨 넣는다. 박상영 작가의 소설엔 그런 힘이
있다. 나를 더 솔직하게 만드는, 그리하여 글을 쓰게 만드
는 그런 힘.

　　망원동 주민이던 시절, 한 작은 책방에서 박상영 작가의
북토크가 열린다는 소식을 알게 됐다. 그의 책 《대도시의
사랑법》이 인터내셔널 부커상에 지명된 때였다. 인기 아이
돌 콘서트를 예매하는 긴장된 마음으로, 부리나케 참가비
2만 원을 계좌이체하고 참가 신청서를 썼다. 다행히 내 자
리는 남아있었다. 나는 손을 꼽아가며 북토크가 예정된 날
을 기다렸다. god, 신화 같은 아이돌 황금기에도 덕질 한
번 해보지 않은 내가, 소설가와의 만남을 목이 빠져라 기다

리고 있는 것이었다. 신기했다.

　북토크 당일이 되었다. 행사는 7시에 시작인데, 5시부터 책방 근처를 어슬렁거렸다. 근처 카페에 들어가기도 했지만, 안절부절못하다가 다시 일어나 산책하러 나갔다. 시간이 느리게 흐르는 것만 같았다. 좋아한다는 건, 이렇게 애가 타는 것이구나. 6시쯤엔 혼자 밥 먹기에 만만해 보이는 닭곰탕 집에서 저녁을 때웠다. 그에게 묻고 싶은 것이 하나 있었다. 밥알을 꼭꼭 씹으면서, 준비한 문장을 속으로 되뇌었다.

　6시 50분. 눈치를 살피며 책방에 들어갔다. 나는 너무 좋아하면 멀찍이 간격을 띄우기를 선택하는 사람. 가장 구석진 곳에 자리를 잡고 앉았다. 내 앞으로 사람들의 뒤통수가 쌓여갔다. 얼마 지나지 않아 박상영 작가도 책방에 도착했다. 나는 몸을 이리저리 기울이며 사람들 틈 사이로 박상영 작가의 실물을 영접했다. 연예인을 보는 것 같았다. 나도 모르게 손을 공손히 모았다.

　마음을 흔든 작품을 쓴 작가의 이야기를 직접 듣는 일도 흥미로웠지만, 그의 소설을 좋아하는 독자들이 해석한 소설의 세계에 대한 의견들도 재미있었다. 소설은 이런 거구나. 한 권의 책에 이토록 큰 세상을 품고 있는 것이구나 생각했다. 사람들이 내뿜는 온기로 책방이 금세 따뜻하게 데워졌다. 얇은 점퍼를 입지 않으면 안 될 추운 날이었는데도 그랬다.

대망의 질문 시간. 나도 소심하게 손을 들었다. 앞줄에 앉은 사람들에게 기회가 먼저 주어졌다. 진행자가 질문 세 개만 받는다고 했는데, 벌써 두 명이 질문을 해버렸다. 초조해진 나는 눈을 질끈 감고 손을 번쩍 들었다. "카키색 야상 입은 분!" 나는 몇 번이고 되뇌었던 대본을 염소처럼 떨리는 목소리로 읊었다.

"소설을 쓰고 있습니다. 에세이나 시가 아닌, '소설'이라는 장르를 쓰는 작가님만의 이유가 있을까요?"

잠깐의 침묵. 나는 팬 미팅같이 화기애애했던 북토크를 망쳐버린 것은 아닌지 걱정되었다. 박상영 작가도 사뭇 진지한 얼굴이 되었다. 구석 자리만 아니었으면, 소심한 나는 벌써 책방 문을 열고 도망갔을지도 몰랐다. 그는 천천히 입을 열었다. 온전히 그의 말을 복기할 수는 없지만 이런 내용이었다.

"소설에선 더 솔직해질 수 있어요."

좋아하는 것엔 역시 이유가 없다며, 덮어놓고 박상영 작가의 글을 애정해온 줄 알았다. 하지만 그의 대답처럼, 내가 그의 소설을 좋아하는 데엔 좀 더 분명한 이유가 있었다. 소설은 작가가 솔직해질 수 있는 훌륭한 무대였다. 그 무대에서 써 내려간 그의 글을 통해, 독자인 나는 자유로움과 해방감을 느낀 셈이었다. 나는 해방되기 위해 소설을 읽었고, 그렇게 자유가 된 마음으로 쓰기를 자처한 것이었다.

비밀을 터놓은 친구와 더 각별해지는 때가 있지 않나. 소설과 가까워지는 순간도 이런 때다. 소설 속 인물들의 더 내밀한 세계로 초대될수록, 그리하여 내면 깊은 곳에 있는 또 다른 나를 오래 마주하게 될수록 그렇다. 소설 읽기의 과정에선 누구의 이야기도 배척당하지 않으므로, 우리는 충분히 공감하는 시간을 보낸다. 솔직해도 괜찮아, 용기와 힘을 얻는다. 한없이 고독하게 느껴지던 삶에도 누군가는 내 이야기를 들어줄 것이라는 믿음이 생긴다. 소설의 세계에서 여행을 자주 하면 할수록, 우리는 조금씩 용감해진다. 그런 의미에서 박상영 작가는 훌륭한 안내자다.

소설을 읽고, 더 자유로워진 마음으로 쓴다. 그러다 보니 일기 쓰기도 달라졌다. 암호처럼 쓰던 일기가 솔직해졌다. 더 수다스러워졌다. 이런 생각은 옳지 않다, 여기며 마음에서 지우기 급급했던 생각들도 귀하게 기록한다. 어떤 마음이든 이해받고야 만다는 마음이 되어 쓴다. 소설 덕분에 더 솔직한 사람이 되어간다. 자유로움과 해방감 속에서 단단해진다. 아무도 쓰라 한 적 없지만 소설을 쓰고, 때때로 소설 쓰기를 권한다. 누군가 내 소설을 통해 자유로워질 날을 꿈꾸며 쓴다.

유산소 소설, 무산소 소설

고등학교 시절, 매년 봄이면 '체력장'이 열렸다. 수업도 하지 않고, 온종일 체육복을 입은 상태로 학교 이곳저곳을 돌며 체력 측정을 했다. 허리를 굽혀 앞으로 숙이며 손끝을 최대한 멀리까지 뻗는 유연성 측정부터, 제자리멀리뛰기, 철봉에 오래 매달리기 같은 종목들이 올림픽처럼 이어졌다. 체력장의 마지막 순서는 '오래달리기'였다. 무엇이든 잘하고 싶은 시절이었다. 나는 남은 힘을 모두 짜내어 달릴 각오를 했다.

  "C조 준비, 땅!"

  나는 처음부터 전속력으로 달리며 앞서 나갔다. 처음 한 바퀴는 그리 힘들지 않았다. 친구들보다 앞서 나간다는 사실, 뒤처져 망신당하지 않겠다는 안도감이 들었다. 나는 격차를 더 벌리고 싶었다. 단거리 달리기를 할 때처럼 숨을 멈추고, 발은 더 빠르게 굴렀다. 멀리서 보고 있는 친구들이 "오" 하며 의외란 듯 감탄하는 소리도 들려오는 것 같았다. 나는 신나게 달렸다. 정확히 세 바퀴까지만.

  다섯 바퀴에 접어들었다. 나는 C조의 가장 마지막 대열에 합류했다. 숨이 제멋대로 차올랐다가 소진되기를 반복하는 것만 같았다. 고산지대에 처음 온 사람처럼 가쁜 숨을 아무리 몰아쉬어도 정신은 맑아질 기미를 보이지 않았다. 흐릿한 정신으로 간신히 여섯 바퀴와 일곱 바퀴를 건 듯이 뛰었고 나머지 세 바퀴는 걸었다. 기어서 들어오지 않은 것만으로도 다행일 지경이었다. "초반에 그렇게 뛰더니 잘한다." 선생님의 놀림도 귓등에 닿았다가 거친 숨에 튕겨 저 멀리 날아갔다. 장거리 달리기는 단거리처럼 시작하면 죽을 수도 있구나, 처음으로 깨닫는 순간이었다.

부끄러운 얘기지만, 소설을 본격적으로 쓰기 시작하기 전의 나는 단편소설과 장편소설 구분도 못하는 사람이었다. 대충 느낌적인 느낌으로만 추측할 뿐이었다. 단편은 한 편이랑 읽는 소리가 비슷하니, 한 권쯤 되는 소설이라 여겼다. 장편은 '길 장' 자를 쓰니까 적어도 박경리 작가의 《토지》 정도의 분량인 소설이겠거니 생각했다.

단단히 오해한 채 참 오래도 소설을 읽었다. 대학 시절, 좋아하는 작가의 소설 신간이 발간됐다는 기사를 보고, 서점으로 헐레벌떡 뛰어가 책 한 권을 샀다. 나는 그 책을 소중히 끌어안고 자취방으로 돌아와, 몇 시간이라도 앉아 책 한 권을 읽을 요량으로 침대 한구석에 몸을 구겨 넣었다. 그렇게 소설의 6분의 1쯤 읽었을까, 색이 다른 종이 한 장을 사이에 두고 새로운 제목의 이야기가 시작됐다. 이제 갓 친해질 마음을 먹은 주인공들이 모조리 사라지고, 새로운 인물들의 이야기가 시작되었다. 그제야 단편소설 여섯 편이 묶인 책이었다는 사실을 깨달았다. 나는 이유를 알 수 없게 퍽 김이 새는 기분이었다. 작가의 이번 신간이 시시하다는 탓을 하며 책을 덮었다.

소설을 쓰기 시작했다. 처음엔 단편과 장편 경계 없이 썼다. 사실 잘 몰랐기 때문에 그냥 썼다. 짧게 써야지, 시작한 소설은 경장편 분량으로 완성되기도 했고, 이번엔 길게 써봐야지 하고 시작했던 소설은 더 나아가지 않고 멈춰서 단편소설이 되었다. 길게 이어지면 장편이요, 짧게 써지면 단편이 됐다. "소설이 재미만 있으면 그 길이가 무슨 상관이래?" 우주 어디에도 절대공간과 절대시간이 존재하지 않는다는 아인슈타인의 특수상대성 이론 같은 나름의 '소설 상대성 이론'을 만들어 합리화했다. 그러나 습작들은 아무리 퇴고를 해도 나아가지 않는 것 같았다. 무언가 허술했다. 써둔 것을 들고 소설 합평을 하러 갔다.

"이 단편소설은 장편의 호흡을 가진 소설이네요"

"장편이지만, 단편소설을 길게 늘어뜨리기만 한 것 같네요. 호흡이 늘어져요."

길이는 단편이지만, 호흡은 장편인 소설. 길이는 장편이지만 길게 늘어뜨린 단편소설. 초보 습작생이었던 내겐

수수께끼 같은 말이었다. 갈피를 못잡는 내 소설을 어찌할 것인가. 명쾌한 해결책이 떠오르지 않았다.

집에 돌아와 책장에 꽂힌 소설책을 장편과 단편소설집으로 분류하는 것부터 시작했다. 차근차근 다시 읽어 나갔다. 되도록 단편과 장편을 번갈아 가며 읽으려 했다. 그러면서 그 둘 사이의 호흡이란 게 무엇인지 아주 조금 알게 됐다. 단편은 단편의 호흡으로 읽고 써야 한다. 장편은 장편의 호흡으로 읽고 써야 한다. 달리기로 비교하자면 유산소 소설과 무산소 소설인 셈이었다.

무작정 읽는 시간 동안 나는 한국 단편소설의 매력에 푹 빠졌다. 단편소설은 그저 짧은 길이의 소설이 아니었다. 권여선, 윤성희 두 작가의 교본과도 같은 단편소설은 몇 번이고 다시 읽었다. 빠르게 이어지는 문장들, 버릴 것 하나 없는 문장들은 응축하고 있는 시간과 의미들이 너무 많아 숨이 가쁠 지경이었다. 소설의 결말에 이르면, 단거리 달리기 결승점처럼 속도를 줄이지 못해 한참이고 더 뛰어나가야 하는 마음이 되었다. 먹먹하게 남은 마음을 달래기 위해, 책을 내려놓고 빈방을 빙글빙글 돌아야 했다.

나는 뭐든 몸으로 부딪쳐 봐야 제대로 아는 미련한 사람. 소설을 쓰기 시작한 뒤에야 소설을 읽는 의미와 호흡을 이해하기 시작한다. 숨을 딱 참고, 온 힘을 다해 읽어야만 하는 소설이 있는가 하면, 호흡을 조절해 가며 천천히 읽어야 하는 소설이 있는 것이었다.

　당신 곁에 있는 소설은 어떤 호흡을 가졌을지. 만약 그것이 단편소설이라면 준비 운동을 단단히 하란 당부를 하고 싶다. "준비, 땅!" 외치면 와르르 무너져 내릴 듯 쏟아지는 의미들에 질식하지 않으려면 그렇다. 장편소설이라면, 느긋하게 풍경을 감상하고 호흡을 고를 준비를 해야만 하는 것이다.

나만의 리듬을 찾아서

나의 20대를 가득 채운 취미가 있다. 복싱이 바로 그것이다. 30대 중반이 되면서는 여러 사정상 체육관에 거의 나가지 못하게 됐지만, 여유가 허락한다면 글쓰기 외에 1순위로 하고 싶은 일이 바로 복싱인만큼 애정하는 취미다. 복싱과 관련된 에피소드, 이 스포츠가 알려준 것들만 해도 밤새도록 떠들 자신이 있다.

"복싱은 리듬이야."

기름칠한 지 오래된 로봇처럼 삐걱거리는 나에게 관장님은 '리듬'을 강조했다. 체육관을 가득 메우고 있는 신나는 노래가 그저 회원들 신나라고 있는 것이 아니라며, 리드미컬하게 움직이는 것이 얼마나 중요한지 20분이 넘도록 설명했다. 아무리 노력해도 안 되는 것이 세 가지쯤 되는데, 수영과 스케이트가 두 가지고, 남은 한 가지가 춤이다. 도무지 리듬이란 것에 몸을 얹을 수 없는 구제불능의 사람이 바로 나였다. 나는 볼멘소리를 냈다.

"관장님이 몰라서 그런데요. 저 어마어마한 몸치예요. 저의 복싱에 리듬을 얹는 일 따윈 기대하지 말아 주세요."

"짜식아, 그건 몸치랑 상관없어. 운동 열심히 하다 보면 너도 자연스레 깨닫는 때가 올 거야."

관장님이 말한 '때'는 느닷없이 찾아왔다. 어찌나 특별했는지, 그 순간은 영화의 한 장면처럼 선명하게 기억 속에 남았다. 체육관은 건물 꼭대기 층에 있었다. 열린 창문 사이로 시원한 바람이 쏟아져 들어오고 있었고, 하늘은 무척 맑았다. 운동화를 신은 내 발이 바닥에 미끄러질 때마다, '삑, 삑' 하고 들려온 마찰음도 생생하다. 유독 운동 온 사람이 아무도 없던 날이었다. 다른 고수들의 눈치를 볼 필요 없이 마음껏 운동할 수 있는 몇 안 되는 날. 나는 유튜브에서 보았던 유명 복싱 선수, 파퀴아오 흉내를 내보기로 했다.

'어깨를 둥글게 회전하면서 이렇게.'

처음 해보는 시도였고, 과장된 동작이었지만 어쩐지 재미있게 느껴졌다. 체육관에 흘러나오던 아이돌 가수의 노래도 흥겨웠다. 거울 앞에서 나는, 처음으로 춤을 추듯 신나게 복싱 동작을 했다. 잽 잽 원투 훅 어퍼. 혼잣말도 중얼거리며. 누가 보았으면 소름 끼쳤을지 모르지만 혼자 신나서 히죽히죽 웃으며. 그 이후 아주 조금 복싱 실력이 늘었던 것 같다. 물론 관장님께 공식적으로 인정받지는 못한 비공식적인 주장에 불과하지만.

리듬 신봉자가 됐다. 어디서든 그놈의 '리듬' 얘기를 꺼내지 않고서는 못 배기는 사람이 되고야 만 것이었다. 사람들과 대화하다가도, 먼 산을 쳐다보고(혹은 빌딩을 쳐다보며) 그윽한 눈을 하고선 "어떤 일에든 리듬이 있지. 인생엔 리듬이 필요한 거야." 뜬금없이 말하곤 했다. 누가 보면 평생을 바쳐 음악을 한 사람인 줄 오해했겠다 싶을 정도로 그놈의 리듬 타령을 해댔다. "리듬에 몸을 못 실어 죽은 귀신이 붙었나." 절친한 친구는 그런 나를 두고 혀를 끌끌 찼다.

소설 쓰기에도 '리듬 귀신'은 어김없이 따라붙어, 소설을 쓰는 내내 '잘 쓰고 있는 소설'의 기준이 되곤 했다. 리듬만 생기면 '만사 오케이'일 것 같다는 '리듬 만능론'이 초보 작가의 이상한 기준이 되어버린 것이었다. 문장이 다음 문장으로 이어지지 못하고 턱턱 걸리는 그런 평범한 순간조차, 나는 한숨을 푹 쉬며 스트레스를 받곤 했다. 거울 앞에서 양팔을 고장 난 로봇처럼 허우적대던 어설픈 취미 복서의 모습을 글 속에서 마주하는 것만 같은 자괴감이 들었다. 복싱을 배우며 세계적인 선수들의 영상을 찾아보았던 것처럼 글 쓰는 사람들의 유튜브 브이로그 영상 따위를 시청하는 시간이 늘어갔다. 영상 속 이름 모를 작가들은 쉬지 않고 키보드를 두드리고 있었다. 그러나 운동 동작을 따라 하듯, 무턱대고 키보드를 빠르게 두드리는 동작을 따라 한

들 소설 쓰기에 도움이 될 리 만무했다. 쓰던 소설을 한동안 내려놓았다. 무엇이 문제일까, 답이 없는 문제를 놓고 고민만 하는 시간이 흘러갔다.

"열심히 하다 보면 너도 자연스레 깨닫는 때가 올 거야."

소설 작법서, 소설가의 에세이, 인터뷰 영상들을 뒤적이며 해답을 찾다가 문득 체육관 관장님이 했던 말이 떠올랐다. 복싱에서 이런 게 리듬인가 보다, 생각했던 순간 역시 열심히 운동하며 근력을 잔뜩 길렀던 시절에 주어진 것이었다. 그저 열심히 하다 보면 깨달을 수 있는 것. 소설을 열심히 쓰지 않던 내가 깨달을 수 있을 리 없었다.

운동할 때 필요한 근력이란 것도, 허우적거림에 가까운 동작들로 조금씩 쌓아온 근력들이 모여 생기는 것. 글을 쓸 때 필요하다는 '글력'이란 것도 매일의 시행착오와 삐걱거림, 비문과 오자와 모든 맥락 없음에서 쌓아 올려진다는 것을 어렴풋이 깨닫는다.

더 이상 리듬 만능론자는 아니지만, 언젠간 나만의 리듬으로 소설을 쓰고 읽히게 될 날을 꿈꾸는 건 여전하다. 그러기 위해서 요행을 바라지 않는다. 글쓰기 도무지 힘든 날에도 단 한 줄이라도 꾸준히 써야 하는 것을 잊지 않을 테다. 일필휘지 천재 작가처럼 떠올린 바를 소설 속에 리

드미컬하게 쏟아붓는 능력 따위 아무리 해도 생기지 않을지라도, 오래 꾸준히 써볼 작정이다. 글력왕이 되어야지. 그 글력으로 국가대표 글쟁이는 아니어도, 나만의 리듬을 가진 동네 대표 작가는 되어야지 다짐한다.

감정 훈련소

사회에서 어엿한 어른으로 살아남으려면, 자연스레 가면을 쓰게 된다. 괜찮은 척, 이해하는 척, 공감하는 척. 온갖 '척'을 하며 관계를 맺는 데 익숙하다 보면, 아무리 오래 알고 지낸 사람이라 해도 그 틈이 좀체 좁혀지지 않는 때가 있다. 빙글빙글, 서로를 겉돌다가 용건이 끝나면 아쉬움 없이 영영 멀어지고 만다. 원래 어른이 된다는 것은 외로운 거야. 메마른 감정만 남은 마음을 쓰다듬는다.

10년 전쯤, 전북 남원의 한 테마파크에서 오랜 세월 연극을 해온 분을 만나 이야기를 나눈 적 있다. 그는 만난 지 15분도 채 되지 않은 나에게 자신이 연극무대에 올랐던 사진들을 끊임없이 보여주며, 연극이 자신에게 어떤 의미인지 말해주었다. 심지어 하나뿐인 아들도 이 일을 했으면 좋겠다고 했다. 부슬부슬 비가 내린 흐린 날이었고, 갈 길이 바빴지만, 그가 눈을 빛내며 말하고 있는 터여서 그의 말을 계속 경청하는 수밖에 없었다.

"하고 싶은 일을 하며 사세요."

네, 하고 대답은 했지만, 그 당시의 내겐 크게 영향이 없는 말이었다. 20대 중반이었던 나는 '하고 싶은 일을 하며 산다'라는 게 얼마나 어려운 일인지 잘 몰랐다. 어른이 되면, 어련히 하고 싶은 일 비슷한 것을 하며 살 수 있다고 믿었던 때였다. 그는 우연히 만나, 다시는 보지 못할 확률이 훨씬 더 큰 나를 향해 진심을 담은 이야기를 이어 나갔다.

"저는요, 연극을 하는 제 인생이 참 좋아요. 한 번뿐인 인생, 유한한 인생인데 연극을 하면 여러 인생을 살아볼 수 있거든요. 얼마나 멋져요. 어느 날은 경찰관이 됐다가, 또 어떤 날은 범죄자의 인생도 살아볼 수 있는 거예요. 학생도 하고 싶은 거 하고 살아요. 짧은 인생을 다채롭게 채워요. 그게 무엇이든 멋진 일, 가슴 뛰는 일을 하고 살아요."

시간이 흘러 취업준비생이 되었고, 머지않아 나는 깨달았다. '하고 싶은 일'은 상상을 초월하는 경쟁률을 뚫어야 하거나, 경쟁이 치열하지 않다면 돈벌이가 되지 않았다. 나는 가을 낙엽같이 연약한 취업준비생. 자연의 이치대로 뛰어든 경쟁에서 처참하게 낙오했다. 돈 없는 가난한 젊은이였기에, 오래 버티지 못하고 무난해 보이는 직장에 취업했다. 자연스럽게 '가슴 뛰는 삶'은 멀어졌다. 가슴이 뛰기는커녕 쥐꼬리만 한 월급으로 간신히 심폐소생술을 하며 버티는 삶을 살아야 했다. 인생의 숙제를 덜 한 것만 같은 찜찜한 마음이 커지면, 이 회사에서 저 회사로 옮겨 다녔다. 분명 나는 움직이는 데도 늘 제자리걸음을 하는 것만 같았다.

"너 회사원 되더니, 눈이 완전히 맛이 갔어. 옛날엔 초롱초롱했는데 말이야."

간만에 일찍 퇴근한 저녁, 친한 언니와 식사하는 자리에서 그녀는 혀를 끌끌 차며 말했다. 나는 가방에서 손거울을 꺼내 내 얼굴을 살폈다. 세상에 영 흥미가 없다는 듯, 지루해 보이는 눈. 그 너머로 재가 되어버린 감정들이 보였다. 이러다 내 인생이 납작해지다가, 영영 사라져 버릴 것 같은 두려움이 들었다. 이래선 안 되겠다는 생각이 들었다.

신촌 '홍익문고' 서점에 갔다. 처음엔 '할 수 있다'를 외치는 자기계발서 근처를 기웃거리다가, 피곤해져 소설 코너로 발걸음을 옮겼다. 대학 시절 좋아했던 작가 알랭 드 보통의 소설 《낭만적 연애와 그 후의 일상》이 진열돼 있었다. 계산대에서 책값을 치르는데, 불현듯 깨달았다. 회사원이 되고 나서 처음으로 산 소설책이었다.

그 후 며칠 동안 소설과 출퇴근을 함께했다. 오가는 지하철 안에서나, 점심시간 혼자 남게 된 시간에 나는 틈틈이 알랭 드 보통의 이야기로 도망쳤다. 사랑이 가져다주는 낭만에 빠졌다가, 사랑이 사라진 빈자리에 차오른 갈등과 유혹, 요동치는 감정들에서 실컷 허우적거렸다. 이는 영화나 드라마를 보는 것과는 다른 몰입의 순간들이었다. 나는 소설에 등장하는 모든 사람의 얼굴이 되었다. 무미건조한 흑백의 감정들에, 조금씩 여러 색깔이 입혀지는 것만 같았다. 메마른 감정의 토양에 단비가 내렸다.

쇼펜하우어도 도스토옙스키에게 더 많은 심리학을 배웠다고 말한 적 있지 않나. 소설은 훌륭한 '감정 훈련소'다. 특히 외향적이지도, 사교적이지도 않은 나 같은 사람이 들러야 하는 필수 훈련소다. 평생을 다 바쳐도 만나지 못할 사람들을 소설 속 인물을 통해 만나고, 감정을 나누고, 깊어졌다가 빠져나오길 반복할 수 있다. 느리지만 분명하게, 서서히 감정을 훈련한다. 그러면 사람들을 만날 때마다 썼던 가면을 때때로 내려놓을 수 있게 된다. 진심에 가까운 마음으로 사람들을 마주하게 되고, 꾸미려 애쓰지 않아도 나 자신 그대로 받아들여지는 순간을 더 자주 접하게 된다. 소설에서 훈련한 감정이, 실제의 나를 단단하게 만들어주는 것이다.

"하고 싶은 일을 하며 사세요. 가슴 뛰는 일을 하세요." 이 말을 이제야 이해한다. 나는 욕심을 내 이제는 소설을 쓴다. 메마른 감정을 충전하고 싶은 사람들이 충분히 머물다 갈 수 있는 나만의 '감정 훈련소'를 짓는데 골몰한다. 어설프고, 속도도 더디다. 완성될지조차 미지수일 때도 많다. 그러나 계속한다. 내게 있어서 소설 쓰기는 가슴 뛰는 일, 눈을 빛나게 하는 일이기 때문이다. 그것만으로도 이미 충분하다.

그럴 수도 있지

시골 어른들은 짓궂었다. 명절이나 방학 때 부모님의 고향인 영덕에 가면, 어김없이 내 코 위로 몇몇 어른들의 손이 뻗쳐왔다. 그들은 검지와 가운뎃손가락을 구부려, 나의 작고 낮은 콧대 위에 끼워 넣고는 세게 잡아당겼다. 그렇게 하면 피노키오처럼 코가 자라기라도 할 것처럼. 눈물이 핑 돌고, 꼬집힌 코는 빨갛게 부풀어 올랐다. "넌 못생겼으니까, 나중에 엄마 아빠한테 코 높이는 수술 시켜달라고 해라." 어린 나는 아무 대구도 하지 못했다.

중학교 때, 처음 '미니홈피'를 개설했다. 파도를 타고 친구들이 꾸며놓은 온라인 집을 찾아가 볼 수도 있고, 내 집을 꾸며 친구들이 방명록을 남기게끔 할 수도 있었다. 인터넷 속도가 느려 사진 한 장이 화면에 띄워지는 데도 한참이 걸렸지만, 재미있었다. 어느 날인가, 친구 하나가 최신 디지털카메라를 가지고 학교에 왔다. 청소 시간에 사진 한 장을 찍어 내게 이메일로 보내주었는데, 그걸 처음으로 내 미니홈피에 올려보았다. 그날 밤, 파도를 타고 온 익명의 누군가가 내 사진 아래에 댓글을 달아놓았다. "못생겼다." 내 작은 집에 걸어놓았던 유일한 내 사진을 내려야 했다.

스무 살이 되었다. 몸매가 도드라지는 스키니진과 각선미의 전성시대였고, 몸무게의 모든 기준이 48킬로그램이던 앙상한 시절이었다. 마르지 않으면 이상하게 주눅이 들던 때였다. 거울 속의 나는 늘 부족해 보였다. 그 시절의 많은 여자가 그랬다고들 하지만, 나는 나 자신을 있는 그대로 사랑하는 법을 몰랐다. 제아무리 '힐링' 키워드가 매스컴을 휩쓸어도 나는 좀체 치유될 수 없을 것만 같았다. 타인을 사랑하고 아끼고 존중하는 일은 상대적으로 쉽게 느껴졌지만, '나를 사랑하세요', '나를 아껴주세요' 말들은 내게 유의미하게 적용되지 못하고 주변만 맴돌았다. 나도 모르게 자꾸만 스스로에겐 엄격한 잣대를 들이밀었다. 그러고 싶지 않아도 그랬다.

무엇이든 책에서 답을 찾으려는 모범 시민인 나는, 바닥이었던 자존감을 끌어올리기 위해 온갖 자기계발서를 탐독하곤 했다. 자기계발서가 제시하는 답은 늘 명쾌했다. 책에서 제시하는 방법대로 따라만 하면, 낮은 자존감이 치솟아 천장을 뚫을 듯 높아질 것만 같았다. 효과가 전혀 없는 것은 아니었다. 다만 일시적이었다. '자존감이 높아질 거야' 하는 기대감 때문에 잠깐 어깨가 활짝 펴졌다가도, 결국 변하지 않는 나에 대한 실망감으로 금세 움츠러들곤 했다.

광화문 앞을 지나는 271번 버스를 자주 타야 했던 때가 있었다. 당시 교보문고 건물 앞엔 나태주 시인의 시 '풀꽃'이 걸려 있었다. "자세히 보아야 예쁘다. 오래 보아야 사랑스럽다. 너도 그렇다." 교통 체증으로 한참이고 같은 자리에 버스가 멈춰 있는 동안, 나는 몇 번이고 그 문장을 곱씹었다. 몇 권이나 되는 자기계발서의 훈계보다, 단 세 문장의 시구가 나를 사랑스럽게 했다. 어여쁘게 했다.

30대 중반을 지나고 있는 지금의 나는, 나를 사랑하지 못했던 20대 시절의 나를 애처롭게 생각한다. 못생긴 나는 결코 사랑받지 못할 거야, 가시를 세우고 쉬이 뭉개져 버릴 연약한 내면을 지키려 애썼던 그 시절의 나를 슬프게 생각한다. 다만 그 시절을 연민하게 된 만큼 지금의 나는 한결 나은 사람이 됐다. 조금 단단해졌다. 나 자신도 타인처럼 한 걸음 멀어져 연민하는 법을 어렴풋이 알게 됐기 때문이다. 선반 가장 잘 보이는 곳에 꽂힌 소설들, 늘 읽지 못하고 곯아떨어져도 침대 머리맡 가장 가까운 곳에 부적처럼 놓아둔 소설들 덕분이다.

박상영 작가의 《1차원이 되고 싶어》에서 '윤도'의 이름을 외치지 못하는 '나'의 뒷모습을 목격한다. 타인에게 들켜서는 안 될 비밀스러운 관계, 숨을 쉬기 힘들 정도의 답답한 내면을 들여다본다. 서정원 작가의 소설 《해변의 밤》

의 비뚤어진 애정과 의심의 마음, 부서지는 '나'의 마음을 들여다본다.

　지옥이 된 내면의 소리를 남몰래 듣는다. 소설 속 '나'의 얼굴이 되어 엉엉 우는 마음이 된다. 소설을 읽으면 수십 수백의 삶을 살게 된다. 누군가의 현재엔 수많은 과거가 얽혀 있다는 것을 알게 된다. 그래서 읽으면 읽을수록, 타인의 지금에 대해 함부로 말하기 쉽지 않아진다. 어떤 이유가 있는지 모르겠지만, '당신은 그럴 수도 있다' 여기게 된다. 이 생각이 반복되고 또 반복되어 습관이 된다. '그럴 수 있지' 생각하다 보면 결국 타인으로만 향하는 것만 같은 너그러운 마음이 나 자신에게도 이어진다.

　가끔 거울을 보며 흠칫 놀란다. 못생긴 건 여전하다는 사실과 마주했을 때다. 조건 반사처럼, '이를 어쩌지' 생각하는 때도 있다. 하지만 이내 단단한 마음이 버티고 선다. 그럴 수도 있지. 못생길 수도 있지. 코가 낮을 수도 있지. 틀린 게 아니라 다르다는 여유로운 마음속에, 나름의 장점을 발견할 틈이 생긴다. 그래도 귀여운 구석은 있어. 그 구석진 곳을 사랑해 주는 내 곁의 사람들이 있어, 생각하는 것이다. 별 볼 일 없는 소설 속 인물들을 한순간 진심으로 사랑해 본 적 있듯, 그렇게 나도 사랑받을 수 있는 것이다.

소설을 읽는다는 건, 그런 확신을 배우는 과정이다. 적어도 내게는 그렇다.

자꾸 돌아보게 만드는

소설을 좋아하는 충실한 독자로만 남고 싶은 때가 있다. 쓰는 일일랑 집어치우고, 회사에 들어가 성실히 일한 대가로 월급을 받아 매달 새로이 출간되는 소설책 몇 권과 포카칩과 오징어땅콩 한 봉지씩을 사다가 침대 위에서 부스러기를 잔뜩 흘리며 킬킬대고 엉엉 울며 소설을 온전히 소비하고 싶어지는 그런 때. 읽고 있는 소설에서 내가 쓰고 있는 소설의 그 어떤 발전 지점도 찾지 않고, 온전히 소설의 세계에 빠져들어 그렇게 울고 웃고 싶어지는 그런 때. 아무도 관심 없겠지만 '절필'을 선언하고 싶은 그런 때. 그러나 연필로 글을 쓰는 일은 드문 일. 부러뜨릴 연필조차 제때 찾지 못하고 애꿎은 노트북을 탁, 소리 나게 접어 닫는다. 책장에서 소설 한 권을 빼 든다.

기온이 34도를 웃도는 무더운 여름날, 에어컨을 끄고 창문을 활짝 열었다. '웅' 하고 진동음을 내던 실외기 소리 대신, '째' 하고 쏟아지는 매미 소리를 들었다. 책상 대신 침대 위에 접이식 테이블을 하나 펼쳐놓았다. 모든 준비가 끝났다. 나는 오랜만에 김애란 작가의 소설 하나를 다시 꺼내 들었다. 《바깥은 여름》 작품에 한데 엮인 짧은 소설들을 읽어 내려갔다. 열어둔 창문으로 매미 소리와 습하고 더운 기운이 방 가운데 섞여 들어왔다. 나는 여름인 채, 소설 속 여러 계절로, 누군가의 방으로 흘러 들어갔다.

　"부엌 바닥으로 굵은 눈물방울이 툭 흘러내렸다. 하지만 그 순간조차 손에서 벽지를 놓을 수 없어, 그렇다고 놓지 않을 수도 없어 두 팔을 든 채 벌서듯 서 있었다. 물먹은 풀이 내 몸에서 나오는 고름처럼 아래로 후드득 떨어졌다. 한파가 오려면 아직 멀었는데 온몸이 후들후들 떨렸다. 두 팔이 바들바들 떨렸다."
- <입동>, 김애란《바깥은 여름》

　이마 위로 땀이 비질 흘러내리는 무더위가 방 한가득 차올랐지만, 소설의 인물이 겨울을 살면 괜히 발아래 놓인 이불을 끌어당기게 된다. 죽음을 목격한 시선 앞에선 그것이 허구임이 분명한데도 눈을 질끈 감게 된다. 소설 속 인물들이 아끼는 사람을 잃은 마음이 내 것처럼 느껴질 때면, 휴대전화를 들어 가까운 이들의 이름을 훑으며 괜히 소리 내어 불러보게 된다. 차마 소설 읽다가 네 생각이 났다는 핑계를 대기 멋쩍어 통화 버튼을 누르진 못하고 다시 책으로 돌아온다. 책을 덮을 때쯤엔, 소설에 등장한 인물들의 이름이 퍽 가깝게 남는다. 사정을 속속들이 알고 난 애틋한 사람처럼 그 이름을 부르게 된다. 《바깥은 여름》에선 찬성, 이수와 도화, 정우 그리고 수많은 '나'들과 '우리'들이 남았다.

좋은 소설을 다 읽고나면, 누군가가 내뿜는 따뜻한 입김 근처에 오래도록 머물다 온 것만 같다. 만약 나의 메신저 창에 소설 속 인물들의 이름이 떠오른다면, 나는 마치 오래 알고 지낸 이들처럼 주저 하지 않고 메시지 한 통을 보냈을 것이다. 요즘은 어떻게 지내냐고, 그때의 일이 마음을 여전히 괴롭히고 있진 않느냐고. 먹먹한 상태에서 간신히 빠져 나와 컴퓨터 앞에 앉아 내가 쓴 소설들을 살핀다. 나의 소설 속 인물들은 종이인형처럼 납작하다. 사람을 닮았지만, 전혀 사람은 아닌 것. 쑥과 마늘 따위를 먹이면 내 소설의 인물들도 따뜻한 입김을 가진 사람이 될까. 백지 앞에서 다리를 덜덜 떨며 고민을 해보지만 소설은 나아지지 않는다. 작가가 아니라 독자로 남아야겠구나, 생각하게 되는 순간이다.

"인물이 사람이 되기 위해 필요한 말은 무얼까 고민하다 말보다 다른 것을 요하는 시간과 마주한 뒤 멈춰 서는 때가 잦다. 오래전 소설을 마쳤는데도 가끔은 이들이 여전히 갈

곳 모르는 얼굴로 어딘가를 돌아보고 있는 것처럼 느껴진다. 이들 모두 어디에서 온 걸까. 그리고 이제 어디로 가고 싶을까. 내가 이름 붙인 이들이 줄곧 바라보는 곳이 궁금해 이따금 나도 그들 쪽을 향해 고개 돌린다."

- 작가의 말 중, 김애란《바깥은 여름》

　어떻게 좋은 글을 쓰는 작가가 될 수 있지? 될 수는 있는 건가? 의문이 들 때면 김애란 작가의 말을 곱씹어 본다. 물음표로 채워진 나의 조급한 마음이 쑥 가라앉는다. 인물이 사람이 되는 데 필요한 말을 고민하는 시간들, 멈춰 서는 시간들, 이름 붙인 이들의 바라보는 곳을 온 힘을 다해 고개 돌려 바라보는 시간들. 그 의미와 시간과 애정을 이해하는 작가만이 오직 소설 인물을 사람으로 만들 수 있는 듯했다. 그런 치열한 시간을 보낸 작가의 소설만이 주어진 이름들에 삶의 무게를 묵직하게 실을 수 있는 것이었다.

　몇 번이고 노트북을 열었다가, 닫았다가 연다. 노트북을 여닫는 사이 영영 글 쓰는 일로 돌아가지 않아도 좋을 문장들을 만난다. 검은 것은 글자고 흰 것은 종이인데, 그 납작한 허구의 세계에 사는 사람이, 그 사람이 느끼는 감정이, 정말로 살아 있는 내 마음을 쿵쿵 두드린다. 이런 게 소설이지, 인물이 사람이 되는 소설을 써야지, 누군가의 마음을 요동치게는 못하더라도 어느 문장에서 덜컥 마음이 걸려 뒤돌아보게 만드는 소설을 써야지. 다짐하게 된다. 충실한 독자로 남아서, 이 모든 것들을 천천히 곱씹고 설레고, 웃고 우는 날을 보내도 좋을 인생이지만 나는 또 작가로 살아낼 욕심을 내어본다.

넷플릭스 한 달 구독료로 고작 한 권을 산다

옛 서울역 고가도로였던 '서울로 7017'에서 열린 독립출판 마켓에서 책을 팔 때였다. 푹푹 찌는 듯한 무더운 여름이었다. 내가 가진 옷 중 가장 '작가스러운' 셔츠를 입었던 날이었다. 가슴팍에 선인장 자수가 그려져 있는 멋진 셔츠였는데, 땀범벅이 되어 몸에 초라하게 달라붙었다. 나는 손거울을 꺼내 얼굴을 확인했다가 깜짝 놀랐다. 오랜만에 사람들 많은 곳에 나온다고 얼굴에 퍼 바른 비비크림이 흐르는 땀에 뒤섞여 허옇게 뜬 상태였다. 중국의 경극을 하는 배우 같은 그런 모습이었다. 어쩐지 사람들이 내가 앉아 있는 테이블을 살피지 않고 빠른 속도로 지나쳐가기만 하더라니.

"책이 불티나게 팔려서, 더 팔 게 없으면 아쉬울 테니까."

나는 여행용 캐리어에 《금요일 퇴사 화요일 몽골》을 30부나 챙겨 넣어 갔다. 지하철과 버스를 번갈아 타며 힘겹게 여행용 가방을 끌고 도착한 마켓에서, 나는 책을 거의 팔지 못했다. 여행지에서 찍은 사진으로 만든 천 원짜리 엽서만 간간이 팔릴 뿐이었다. 한여름의 성냥팔이 소녀처럼 오가는 사람들을 애타는 눈빛으로 바라보며, 무더운 기온에다 녹아 죽이 되어버린 초콜릿을 '쩝' 먹으며 앉아 있었다. 1만 2천 원 하는 책을 판다는 건, 이토록 무덥고, 부끄럽고 또 애타는 일이구나. 글을 쓸 때 몰랐던 것들을 책을 이고 지고 팔러 다니며 깨달았다. 세상엔 몸소 겪어야만 알 수 있는 것들이 참 많다.

"이렇게 얇은데, 왜 이렇게 비싸요?"

옆 테이블에서 들려오는 소리에 자동으로 고개가 휙 돌아갔다. 손님의 손엔 시집이 한 권 들려 있었다. 시를 쓰고 엮는다는 옆 테이블의 작가님은 그 앞에 죄인처럼 서 있었다. 작가님의 얼굴이 조금 붉어진 것 같았다. 나도 덩달아 화가 치밀어 오르려는데, 마땅히 무어라 할 말은 없었다. 틀린 말을 한 건 아니기 때문이었다. 시집은 얇았다. 비싼 건 주관적이니 또 달리 틀리다고 할 수도 없었다. 하지만 거기에 '왜'를 붙이는 건 무례한 말이었다. 손님은 비싸고 얇은 시집을 아무렇게나 내려놓고 손부채질을 하며 떠났다.

"저런 사람은 만 원으로 옛날식 두꺼운 전화번호부 책 정도는 사야, 와 이 책 잘 샀구나, 하겠지요. 너무 속상해하지 마세요."

얼마 전 집 근처 서점에 들렀다. 눈여겨보던 신간을 집어 들었다가, 가격을 보고 '어이쿠' 혼잣말을 내뱉었다. 오르지 않은 게 없는 요즘, 책값도 많이 올랐다. 2만 원에 가까운 책을 집어 들었다가, 다시 내려놓기를 반복하며 망설였다. 나는 글을 쓰고 책을 파는 사람인데도, 게다가 출간을 애타게 기다려왔던 책이어도 쉽게 집어 들기 어려웠다. 특히 소설은 더 어렵다. 유명한 작가가 쓰고, 언젠가 영화화될 수 있을 것 같으면 더더욱 구매를 미루게 된다. 넷플릭스에서도 곧 볼 수 있는 것 아닐까. 그도 아니면 넷플릭스에 비슷한 내용의 영화가 있지 않을까. 그런 생각이 머릿속을 마음대로 휘젓고 다닌다. 나는 고개를 세차게 양옆으로 젓고, 직업 의식 같은 비장함으로 책을 집어들어 품에 소중하게 끌어안았다. 계산대로 향했다.

넷플릭스를 한 달 동안 무제한 이용할 수 있는 돈으로, 고작 한 권의 소설책을 사들였다. 얇은 한 권의 소설책을 만들고, 넷플릭스 한 달 이용권 금액을 받고 판다. 빠르게 읽으면 반나절이면 결말에 이르는 소설책과 무한히 시간을 채울 수 있을 것만 같은 넷플릭스. 한 달과 반나절. 이리 단순히 비교하니 소설책을 살 사람이 아무도 없게 될 것만 같다. 소설을 쓰고, 쓴 것을 사람들에게 팔아서 살겠다고 다짐한 지 얼마 되지 않은 것 같은데 빨리 진로를 바꿔야 할 것만 같다. 이러다가 성공한 소설가가 되어보기도 전에 굶어죽기 딱 좋겠다 싶다.

저널리스트이자 작가 요한 하리는 《도둑맞은 집중력》에서 오늘날을 '소설의 수난시대'라고 말한다. 2017년 기준

미국의 하루 평균 독서 시간은 17분인데 비해 휴대전화 사용 시간은 5.4시간이 되었다고 한다. '재미'로 소설 읽는 사람은 자꾸 준다. 복잡하고 피곤해서 그렇다고 한다. 시대의 흐름을 역행할만한 해답을 햇병아리 작가가 갖고 있진 못할 터. 나는 진로를 바꾸기 전 나의 방식으로 소설 한 권이 넷플릭스 한 달 구독료 이상의 의미가 있음을 증명해 보이고 싶은 욕심이 샘솟는다.

한 사람의 세월 일부가 담긴 소설을, 최대한 느린 속도로 읽기 위해 애쓴다. 작가가 몇 날 며칠을 고심해 고르고 다듬었을 아름다운 문장들에 밑줄을 긋고, 언제든 이 멋진 부분을 활짝 펼칠 수 있게 날개형 포스트잇을 덕지덕지 붙인다. 작가와 얘기하듯, 떠오른 생각들을 여백에 메모하고, 때론 물음표를 때론 느낌표를 찍으며 적극적으로 읽는다. 다 읽고 난 뒤엔 다시 처음으로 돌아와 표시한 것들, 메모한 것들을 읽으며 곱씹고, 독서 기록장에 그것들을 쓰면서 한 번 더 마음에 새긴다. 정갈한 문장들, 아픈 단어들, 짜릿한 반전과 생동감 넘치는 대화문들이 나의 언어 창고에 차곡차곡 쌓인다.

"그래, 이 맛이야."

소설을 더 읽지 않는다는 시대에, 나는 저항군처럼 역행

한다. 소설 읽기의 참맛에 더 푹 빠진다. 마치 금기된 것 같은 일에 열성을 다해본다. 때때로 소설 한 권이 커다란 인생처럼 느껴져, 감히 값을 매길 수 없는 귀한 보물처럼 여겨진다. 소설의 값이 절대 비싸게만 느껴지지 않는다.

넷플릭스 한 달 구독료로 고작 한 권의 소설을 산다. 피곤함을 감수하고 책이라는 납작한 문자들 사이로 뛰어든다. 그렇게 마음 창고에 쌓아둔 언어들을 긁어 모아 내 글을 쓴다. '소설의 수난시대'에 자식 같은 소설을 등 떠밀어 내보내고, 값을 매겨 판다. 팔리지 않은 책을 끌어 안고 혼자 끙끙 앓는다. 그러나 어쩐지 쉽게 그만둘 순 없는 노릇이다. 외면받는다 하여, 그 맛과 멋이 사라지거나 변한 것은 아닐 테니.

불순한 의도

"왜 소설을 쓰세요?"

질문이 뒤통수에 날아와 꽂혔다. 나는 천천히 고개를 돌려 질문한 사람의 눈을 바라봤다. 기대에 찬 눈이 초롱초롱 빛나고 있었다. 질문자는 두 손을 기도하듯이 모아 가슴 언저리에 두고 있었다. 들려올 멋진 답변을 기다리는 듯했다. 내 입은 2시간의 소설 쓰기 모임을 진행하느라 바싹 말라 있었다. 나는 마른침을 긁어모아 꿀꺽 삼켰다. 왜 소설을 쓰는지에 대한 멋진 대답을 생각해 두지 않았다. 가렵지도 않은 뒤통수를 한 손으로 두어 번 긁고, 천천히 입을 열었다.

"음…… 크게 성공하고 싶어서요."

한 번 입이 떼어지니, 숨길 이유는 없지만 그렇다고 굳이 드러낼 이유도 없는 생각들이 줄줄 새어 나왔다.

"저는 제가 쓴 소설이 히트를 쳐서, 그 소설이 드라마, 영화가 되고, 넷플릭스 같은 글로벌 플랫폼에 팔려서 전 세계 사람들에게 상영되는 날을 꿈꿔요. 내가 만든 것으로 인정과 명성과 큰돈을 얻고, 그 모든 것의 총합으로 내 집 마련의 꿈을 이루고 안정된 노후를……."

신나게 떠들고 있는데, 상대가 조금씩 멀어지는 기분을 느꼈다. 질문자는 어깨에 걸친 에코백을 다른 한 손으로 꽉 쥐고 뒷걸음질을 치고 있었다. 그 모습에 나는 그제야 입을 굳게 다물었다. 요 방정맞은 입이 또 문제다. 입을 앙다물고 억지로 입꼬리를 올리며 미소 짓고 손을 흔들며 배웅했다. 다음에 누군가 또 소설을 쓰는 이유를 물어온다면, 그럴싸한 이유를 만들어 대답해야지 다짐했다.

나는 불순한 의도로 쓴다. 돈이 되지 않는다는 순수문학을 좋아하고, 이를 표방하며 열심히 쓰지만, 그것을 쓰는 의도는 모순되게도 절대 순수하지 않다. 내가 쓴 것으로 사회를 변화시키겠다거나, 누군가의 목소리를 대변하겠다거나 그런 의미는 적다. 개인적 욕심을 먼저 채우고 싶다. 글을 써서 내 집 마련의 꿈은 이루지 못하더라도, 쓴 글로 매일의 밥을 지어 먹는 성공 정도는 꼭 이루고 싶다. 배고픈 소설가 말고, 엉겁결에 성공하는 바람에 좋은 음식을 너무 잘 챙겨 먹어 다이어트 걱정을 해야 하는 그런 소설가. 나는 작은 성공을 하고 싶어 소설을 쓴다.

"소설을 쓰며 나를 발견합니다. 점점 더 단단해지면서 글을 쓰고, 언젠가 소설을 많은 사람에게 선보일 날을 꿈꿔요. 막막하지만, 지금은 소설가로서의 가능성을 발견하는 데 저의 인생을 투자하고 있다고 생각해요."

요즘의 나는 크게 성공하고 싶다는 대답 대신, 모호하게 얼버무린 대답을 한다. 물론 이는 진심이다. 다만 약간의 오류는 있다. 희박한 확률을 가진 데다 검증된 데이터도 없는 분야에 무턱대고 뛰어든 건, '투자'가 아니다. '투기'나 '도박'이라 불러야 옳을 것이다. 나는 내 인생을 소설에 투기한 셈이다. 소설을 쓰며 한 인간으로서 단단해지는 것은 맞지만, 소설가로 성공하게 될지는 모르겠다.

소설 쓰기에 인생의 일부를 뚝 떼어다 놓고, 과연 나는 불안할까. 걱정인지 오지랖일지, 은근히 무시하기 위해 하는 말일지 모르겠지만 사람들은 때때로 나의 '불안'을 물어 온다. 그런 질문을 들은 날엔 침대에 누워 골똘히 생각에 잠긴다. 나는 불안한가, 자문한다. 답은 명확하게 떠오르지 않는다. 어느새 스르륵 잠에 빠져들고 아침이 밝아 오면 전날의 고민을 까맣게 잊고 다시 책상에 앉아 소설을 쓰거나, 쓴 글을 고친다. 그리 중요치 않은 질문들은 저 멀리 두고, 내 길을 간다. 이 길을 걷는 나는 적어도 불안에 잠식당하지 않은 것만은 분명하다.

그렇다고 내가 불안에 천하무적인 긍정맨일까. 그건 또 아니다. 소설을 쓰기 전의 나, 그러니까 소위 '평범한' 회사원이었던 나는 그렇지 않았다. 매달 정해진 날짜에 어김없이 들어오는 작고 귀여운 월급이 있었고, 함께 의견을 나누고 식구처럼 밥을 나눠 먹는 자상한 동료들이 있었다. 하지만 퇴근 후에 불안은 이유 없이 찾아와 밤잠을 설치게 했다. 남들이 붙잡고 있으라 해서, 꽉 붙들고 있던 '안정'에 기대고 있다 보니 월급은 1년에 한 번, 고작 6만 원이 올랐다. 사고 싶은 집의 가격은 1년 사이 몇 억이 올랐다. 소속이 적힌 명함은 불안을 떨칠 유용한 부적이 되어주지 못했다.

소속 없이 쓴다. 성공을 꿈꾸지만, 등단이라는 바늘구멍을 지나갈 용기가 없어 내 멋대로 쓴 소설을 독립출판을 해 사람들에게 만 천 원 받고 판다. 이따위 소설에 만 천 원이나 받냐고, 양심도 없냐며 손가락질하는 악몽을 꾼다. 놀라 잠에서 깨 두근거리는 가슴을 진정시킨다. "작가는 글을 쓰고 세상에 내놓으면서 진짜 작가가 되는 거야." 진심 어린 친구의 응원을 되새김질해 마음의 양분으로 삼는다. 다시 아침이 밝아 오면 글을 쓴다. 개인적 욕심을 이룰 날은 멀고도 멀게 느껴지지만, 하루하루 소설과 가까이 있으며 나는 달라진다. 내가 만든 세계와 인물들 사이를 신이 된 것처럼 노니면 그만일 줄 알았는데, 내가 소설 속 인물들로부터 배운다. 깊어진다.

불순한 의도로 쓴다. 소설을 쓰며 감히 성공을 바란다. 투자한다고 하지만 투기에 가깝게 인생을 소설에 던졌다.

나름의 의미는 있지만, 성공을 담보하진 못한다. 하지만 쓰면 쓸수록 그런 생각을 한다. 투기에 실패해 소설로 성공을 못 해낸들 어떠한가 싶다. 이렇게나 많은 의미가 남았는데, 내 마음이 이리도 단단해졌는데 말이다.

잘하는 것을 잊지 않는 것이 중요해

대학교 4학년, 스물다섯 살이던 나는 언론고시생이었다. 정확히는 예능 PD가 되고 싶었는데, 쉽지 않았다. 방송국에선 1년에 한 번 공개채용을 진행했다. 다큐멘터리, 시사, 예능 등 분야별로 한 명씩 뽑는데 지원자는 몇백 명 단위였다. 물론 대기업 같은 여타 취업준비생들에게 인기가 많은 취업 시장도 사정은 다르지 않았겠지만, 3차, 4차에 이르는 전형을 통과해 PD로 방송국에 입사하는 일은 조선시대로 치면 장원급제에 해당하는 일에 가까웠다. 언론고시에 통과하기 어렵다는 이유로 취업 준비 기간을 넉넉히 잡아두었지만 쉽지 않았다. 혹시 이 분야로 재능이 전혀 없는 것은 아닐까 의심하면서도 나는 방송국 입사에 매달렸다. 돌아보면 취업을 준비하는 과정, 그러니까 예비 PD라는 신분을 유지하는 데 집착했는지도 몰랐다. 꼬박 3년의 세월을 흘려보냈다.

언론사 필기시험에서 주요한 비중을 차지하는 것이 '작문'과 '논술'이었기에 글 하나는 많이 썼다. 대부분 같은 목표를 가진 사람들과 만든 스터디 그룹에서 썼다. 비슷한 나이 또래의 사람들과 함께해 동병상련의 감정을 나누기 좋았지만, 합평은 더 솔직하고 혹독할 수밖에 없었다. 하루라도 빨리 입사해야 하는 마음 급한 사람들 사이에서, 칭찬을 늘어놓을 여유 따윈 없었다. 합평 시간이 끝나고 나면 내 앞엔 단점과 오류뿐인 글이 남았다. 붉은 펜으로 수정하거나 삭제해야 할 것들이 표기된 누더기가 된 글에서 건질만 한 것이 없어 보였다. 매일 글을 썼지만, 늘 구겨져 쓰레기통에 처박혔다. 어차피 쓰레기통으로 가게 될 글을 쓰는 기분. 쓰는 일이 이 시절만큼 어려운 때가 없었다.

이때 남은 습관 때문인지, 한동안은 어떤 종류의 글을 읽어도 잘못된 점을 먼저 찾곤 했다. 다시는 글 쓰지 말아야지, 이런 피곤한 일은 하지 말아야지 생각했다. 열심히 쓰고 읽었던 시절을 보냈지만, 나는 읽기와 쓰기에서 가장 멀어진 사람이 되었다.

방송국과 거리가 먼 첫 직장에 입사했다. 일은 그럭저럭 할만했고, 꽤 좋은 사람들이 함께했지만, 그 어느 곳에도 진득하게 붙어 있지 못했다. 때가 되면 이동하는 철새처럼 이곳저곳을 전전했다. 소설을 본격적으로 쓰기 전까지 네 곳의 직장을 옮겨 다녔다. 방송국엔 들어가지 못했을지언정, 나와 꼭 맞는 일을 찾을 수 있지 않을까 하는 욕심 때문이었다. 오직 생활비를 벌기 위한 일이 아닌, 인생에 의미를 남기는 일을 하고 싶었다. 멋진 옷을 사거나, 맛있는 음식을 먹는 데 별 관심이 없었지만, 의미 그것만은 놓을 수 없는 욕심이었다.

소설을 처음 쓰기 시작한 것도 이러한 여정 중의 하나였다. 굳은 결의나, 이것에 온 인생을 바치겠다는 다짐 없이 시작한 일이었다. 몇 년 동안 회사 이곳저곳을 전전하며 읽기도 쓰기도 멀어진 때였다. 일기는커녕 SNS 계정에 안부 인사 글을 올리는 것조차 하지 않았다. '소설 쓰기'에선 그저 가능성을 보고 싶을 뿐이었다. 누군가는 소설을 써서 명성을 얻고, 판권이 팔려 큰돈을 벌었다는 이야기를 들었다. 그런 가능성의 영역에 내가 들어갈 수 있을지 궁금했다. 집에서 멀지 않은 한 아카데미에서 초보를 위한 소설 쓰기 수업이 열린다는 것을 알게 됐다. 그저 호기심을 채우기 위해 등록한 그곳에서, 홍희정 선생님을 만났다.

첫 시간 과제는 A4 용지 한 장 분량의 아주 짧은 소설(엽편 소설)을 쓰는 것이었다. 쓴 소설은 수업 시간에 큰 화면에 띄워놓고 함께 살피며 합평하는 방식이었다. 나는 취업 준비를 할 때처럼 혹독한 평가가 있더라도 주눅 들지 않을 자신이 있었다. 수업이 끝날 시간이 다 되어서야 내가 쓴 소설 차례가 됐다. 골방에서 아무렇게나 휘갈겨 쓴 내 소설이 큰 스크린에 떠올랐다. 나는 얼굴이 붉어졌다. 열다섯 명가량 있는 강의실에서 나는 무방비 상태에서 스포트

라이트를 받는 사람처럼 온몸이 뻣뻣하게 굳는 것만 같았다. 그 어떤 날 선 비평도 받아들이겠노라, 스스로를 다독였다. 선생님은 잠시 내 글을 훑어보곤 말씀하셨다.

"좋네요."

칭찬은 내 몸에 흡수되지 않고 어색하게 맴돌았다. 비문투성이에다가, 소설이라 부르기도 힘든 글을 놓고 선생님은 끊임없이 좋은 점을 늘어놓았다. 대화가 사실적이네요, 묘사가 생생해요, 발상이 좋네요. 수정하고 삭제할 부분을 표시하려 집어들었던 빨간펜을 내려놓고, 좋았던 부분들이라고 말해주었던 문장들에 샛노란 형광펜으로 색을 칠했다. 반짝반짝, 처음으로 내가 쓴 것이 빛나는 것을 보았다. 책상 위 눈에 잘 띄는 곳에 첫날 쓴 글을 오래도록 올려두었다.

"잘하는 것을 잊지 않는 게 가장 중요해요."

제 글에서 어떤 점이 잘못되었을까요, 무엇을 개선해야 할까요 하고 묻는 말에 홍희정 선생님은 잘하는 것을 잊지 말라는 대답을 들려주었다. 한 장짜리 소설에서, 열 장이 넘는 단편 소설, 그리고 장편 소설에 이르기까지 선생님을 만나며 써 내려갔다. 북북 찢어 변기통에 넣고 물을 내려버리고 싶은 소설을 쓴 날에도, 나의 소설에서 찾은 장점들 이야기를 듣고 오면 자신감이 생겼다. 완벽하진 않아도, 적어도 좋은 부분이 있는 소설을 쓰고 있다는 사실. 그것이 나를 앞으로 나아가게 했다. 수업을 마치고 돌아가는 길에, 선생님이 들려준 내 글의 좋은 점을 되새김질했다. 곱씹을수록 즐거운 기분이 피어올랐다. 나에게 소설이 더없이 자유로운 세상이 된 것은, 그리하여 다른 사람들마저 이 세계에 초대하고 싶은 마음이 불쑥불쑥 드는 것은 모두 선생님 덕분이다. 글을 쓰는 것도 우리의 삶도, 반짝반짝 잘하는 것을 잊지 않는 것이 중요하다.

제 꿈은 거짓말쟁이입니다

나는 고집이 센 편이다. '맞다'고 생각하는 일은 어떻게든 밀어붙이는 편이고, 다른 사람들이 이래라 저래라 하는 말들을 귓등으로 듣고 홍, 하고 콧김으로 잘도 튕겨내는 편이다. 나름의 충고를 해준 사람들이 서운한 마음에 "그래 너 알아서 해라." 하면, "원래도 내가 알아서 하려고 했거든?" 뾰족한 말을 하곤 했다. 충고를 새겨듣지 않은 자에겐 늘 대가가 따랐다. 맞다고 확신했던 일을 단단히 그르치곤 했다. 그런 순간을 마주하고 나서야 다음부터는 다른 사람들의 말을 귀담아들어야지, 다짐하곤 한다. 물론 일시적이다. 지금도 그렇지 않다. 소설 쓰지 말고 회사로 돌아가란 충고를 여럿한테 듣지만, 나는 요지부동이다. 꿋꿋하게 앉아 소설 쓰고 있다.

예외도 있다. 엄마다. 엄마의 말은 희한하게 내 마음의 급소 어딘가를 정확히 파고들어 치명타를 날리곤 한다. 치명상을 입지 않기 위해서, 요리조리 대화 화제를 돌려보려 애쓰지만 소용없다. 엄마는 새가 지저귀는 평화로운 이른 아침이나, 눈 비비며 잠자리에 드는 늦은 밤, 무방비한 시간대를 이용해 느닷없이 훅 치고 들어오는 재능이 있다.

"뭐 하러 소설을 쓰니. 거짓말하는 게 좋니?"

스마트폰으로 SNS의 피드를 뒤적이거나, 유튜브의 가

벼운 콘텐츠를 보며 히죽이던 나는 무방비 상태로 당한다. 나는 엄마에게도 소설 쓰기 수업 때 한 것처럼, 소설의 의미나 가능성 따위에 대해 그럴싸하게 대답하고 싶지만, 답변이 퍼뜩 떠오르지 않았다. 말문이 턱 막혔다. 저 짧은 물음 안에 숨어 있는 여러 의미가 뒤엉켜 머릿속은 순식간에 복잡해진다. 우리는 살갑게 대화를 나누는 모녀는 아니기에 서로에 대해 모르는 부분들이 훨씬 많지만, 그저 모녀이기 때문에 '그냥' 아는 것들도 많다. 소설 쓰는 건 엄마로선 그리 자랑할 만한 일이 아니라는 것을 나는 안다. 돈벌이도 되지 않는 소설을 전업으로 쓰고 있다는 갑갑한 상황과 거짓말을 싫어하는 엄마가 생각하는 순도 100%의 거짓말 묶음인 소설을, 그것도 이 집안의 장녀가 쓰고 앉아 있다는 건 그리 희망적인 일이 아닌지 모른다.

"아잇, 몰라!"

나는 꾸중을 듣는 다섯 살 아이처럼, 휙 돌아누우며 삐죽댔다. 사실 생각보다 단순한 의미로-정말 소설 쓰는 이유가 궁금해서-물었던 엄마는 고개를 갸웃거리며 돌아섰을지도 모른다. 어련히 알아서 하겠지, 생각을 거두었을 테다. 역시나 꼬인 건 나 자신. 돌아누워 스마트폰을 들여다보는 척하는 내 머릿속엔 엄마가 남기고 간 질문이 둥둥 떠다닌다. 질문은 어딘가에 눌어붙는다. 소설 쓰는 일에 대한 근본적인 의문을 되묻게 되는 것이다.

'나, 소설 왜 쓰지?'

생각해 보니 초등학생이던 시절엔 '거짓말'에 재미 붙인 적도 있었다. 각자 휴대전화를 들여다보는 대신 옹기종기 교실 뒤에 모여 떠드는 게 가장 큰 즐거움이었던 시절. 나는 다른 친구들보다 더 재미있는 이야기를 들려주고 싶어 안달이 난 사람에 속했다. "그래서, 어떻게 됐는데?" 그 말은 내 이야기에 기름을 부었다. 나는 분명 바늘 도둑 이야기에 관해 말해주려 했는데, 말을 하는 동안 소도둑의 대모험 이야기를 들려주는 격이랄까. 평범한 이야기였던 것이 MSG가 잔뜩 가미되어, 흥미진진한 이야기가 되어갔다. 실제의 이야기는 두루뭉술 흘러가다가 흐지부지한 결말을 맺는데, 각색된 이야기는 달랐다. 앞뒤가 착착 맞아떨어지고, 반전을 줄 수도 있었다. 놀란 친구들의 얼굴, 흥미로워 못 견디겠다는 표정들. 내성적인 성격이었지만, 이야기를 쥐고 흔드는 동안만큼은 대단한 사람이 된 듯한 착각까지 들었던 것 같다. 물론 친구들에게 둘러싸여 과장을 한껏 보탠 이야기를 한 기간은 그리 길지 못했다. 거짓말은 나쁜 거야. 거짓말하는 사람과는 어울리면 안 돼. 나름 모범

어린이였던 나는, 나쁜 사람이나 어울리면 안 되는 사람이 되고 싶지 않았다. 머릿속에 지어낸 얘기들이 꿈틀거렸지만, 꾹 참았다.

어엿한 어른이 된 나는 지어낸 이야기를 실컷 떠들기 위해 소설을 쓴다. 정곡을 찌르듯 '거짓말하는 게 좋냐'고 물으면, 마음속에 남아있던 모범어린이가 튀어나와 억울하게 울 것 같은 기분에 사로잡히기도 한다. 모범어른이라면 응당 거짓말을 하지 않아야 할테지만, 실은 거짓말을 실컷 하고 싶은 탓이다.

어윈 쇼는 글쓰기란 결국 유희고, 유희에는 대가를 받아야 할 이유가 없다고 말한 바 있다. 나는 어찌어찌 쓴다. 이야기를 지어낸다는 건, 그 자체만으로도 그저 유희에 가까운 일. 세상에 없는 사람들을 만들어 내고, 그 누구도 하지 않았던 말들을 그럴싸하게 지어내 빈 종이를 채운다. 소설을 더 소설 같은 이야기로 만들기 위해 고친다. 현실에서는 존재하지 않는 의미와 맥락과 그 세계 전체를 뒤흔드는 주제와 단어들이 꿰어진 정교한 이야기를 만드는 데 집중한다. 눈을 반짝이며 '그래서 그다음엔 어떻게 됐는데' 물어주는 이가 아무도 없다고 해도 상관없을 만큼 그 과정이 즐겁게 느껴진다.

세상에 숱한 거짓말들이 있지만, 이토록 무해한 거짓말 속에서 즐겁게 헤엄치는 것은 그리 나쁘지 않은 일이라 확신한다. 거짓말뿐인 소설을 쓰는 건 그 때문 아닐까. 누군가 또 물어오면 이젠 그냥 당당하게 대답해야겠다.

"제 꿈은 거짓말쟁이입니다. 그것도 완벽한 거짓말쟁이요."

소설의 유통기한

"만약 사랑에도 유통기한이 있다면 나의 사랑은 만년으로 하고 싶다."

왕가위 감독의 영화《중경삼림》의 주인공 하지무는 이렇게 말한다. 오래전 본 영화지만 이 말은 마음에 오래도록 남았다. 주인공이 영화 내내 먹는 달콤한 파인애플 통조림도, 시간이 지나면 결국 유통기한이 끝난다. 먹지 못할 뿐만 아니라 처치 곤란한 어떤 것이 되어버린다. 세상에 영원한 것은 없다는 진리를 거스르지 않고, 그저 유통기한을 만년으로 하고 싶다고 낮게 읊조리는 주인공의 대사에 마음이 먹먹해진다.

2022년 여름.《변온동물》의 초고를 완성했다.《변온동물》은 서울 생활을 정리하고, 고향으로 돌아갈 준비를 하는 주인공 '성미'의 이야기를 담은 소설이다. 서울에서 살며 느꼈던 고단함과 외로움, 막막함의 감정들이 가장 많이 투영된 인물이다. 쓴 소설 중 가장 아끼는 것도 이 때문이다. 연말에 열리는 신춘문예에 응모한 작품 중, 만약 당선된다면 이 작품이길 바랐다.

신춘문예가 끝났다. 응모한 모든 작품은 탈락의 고배를 마셨다. 그렇게 2023년이 되었다. 나는 쓴 것들을 두어 달쯤 더 묵혀두기로 했다. 글은 신기하다. 묵혀두면 제 스스로 익는다. 글쓴이가 써둔 것을 까맣게 잊는 시간동안, 알아서 저들끼리 몸을 부비며 화학작용을 일으킨다. 그렇게 어우러지며 각자의 자리를 만든다. 그 시간 동안에도 제자리를 찾지 못한 단어들은 한데 익지 못하고 겉돌기 마련이다. 봄이 올 때쯤 서랍을 열어 다시 꺼내 들었다. 시간을 두고 살피니 예전에 발견하지 못했던 단점이 눈에 띄었다. 가장 아끼던 소설 《변온동물》을 고치기 시작했다. 인물이 품고 있던 과거가 더 선명해졌고, 대화는 인물의 성격을 드러내는 방향으로 더 생생해졌다. 14만 자였던 소설이 30만 자가 되었다.

퇴고를 마칠 때쯤, 응모할 수 있는 공모전 몇 개가 마감을 앞두고 있다는 소식이 들려왔다. 나는 공모전에 제출하기 위해 퇴고를 마친 소설을 인쇄했다. 놓친 오탈자가 없는지 눈으로 훑으며 스테이플러로 모서리를 집으려는데, 눈에 띄는 부분이 하나 있었다. 소설 속 주인공 '성미'가 받은 최저시급이었다. 글의 초고를 2022년에 썼으니, 주인공 성미가 받은 시급도 2022년을 기준으로 하고 있었다. 2023년엔 최저시급이 더 올랐으니 바꿔야 하나, 고민했다. 워드프로세서를 켜고, 성미의 최저시급을 2023년 기준에 맞게 바꾸었다.

다시 프린트하려다 말고 나는 잠시 생각에 잠겼다. 공모전 접수 기간은 한 달여. 심사에 걸리는 시간도 한 달, 계간지 등에 심사 결과가 공개되는 일정까지 고려하면 나의 단편소설이 공모전 심사에 묶여 있는 시간은 족히 석 달은 되었다. 중복 투고를 인정하는 곳도 있다지만, 보통은 그렇지 않기에 한 번 제출한 글은 석 달 뒤에나 다른 공모전에 제출하거나 어느 형태로든 공개할 수 있는 셈이었다. 나는 2024년이 되어 소설《변온동물》에 적힌 시급을 고치고, 다시 프린트해 봉투에 넣어 공모전에 우편을 부치는 일을 떠올려 보았다. 그런 일을 도대체 몇 번 반복해야 당선이 될 수 있는지는 기약이 없었다.

　오래도록 읽히는 소설들이 있다. 시공간을 뛰어넘고 심지어 언어의 장벽까지 허물어 오래도록 독자와 만난다. 주관적인 세계를 벗어나 보편적인 삶에 착 달라붙어, 사회적 의미를 만들어낸다. 그 소설들의 유통기한은 '만년'이라 해도 모자랄지도 모른다. 하지만 나의 소설은 어떠한가, 스스로 물어본다. 내 소설의 유통기한을 생각한다. 오래 묻어둔다고 하여, 좋은 소설로 자연스럽게 익어갈 리 없었다. 조금만 시간을 두었다가 보면 금세 푸른곰팡이가 피어 닦아내기 바쁘다. 삐걱삐걱, 이음새가 잘 맞지 않아 굉음을 내는 부분을 고쳐야 한다.

공모전 대신, 나는 짧은 유통기한을 가진 소설 몇 개를 꺼내어 보기로 했다. 길이길이 남는 소설이 되진 못할지라도, 이 시대, 아니 이 순간 소설이 할 수 있는 역할은 있다고 믿기에. 적어도 최저시급이 더 오르기 전에 빨리 공개해야 할 것이 있다고 생각한 것이었다. 우리는 독립출판을 하기에 더없이 좋은 시절을 살아가고 있지 않나. 공모전 당선에 비하면 책 만드는 일은 몹시 어려운 일도 아니었다. 내지와 표지를 직접 디자인하고, 인쇄소에 파일을 보내고, 책을 팔 수 있는 온라인 상점을 열었다.

주문이 들어오면, 직접 만든 책을 포장해 우체국에서 정성껏 보냈다. 더 긴 길이의 소설은 포스타입(POSTYPE) 같은 유료 플랫폼에 연재했다. 한 페이지, 2천자에 100원을 받고 팔았다. 내가 쓰고, 만들고, 직접 '이 책 꽤 읽을 만하다'며 파는 일이 낯부끄럽게 느껴질 때도 많지만, 유통기한이 지나 상해버린 소설을 끌어안고 안타까워할 가까운 미래를 떠올리는 일보단 덜 고통스러웠다.

노력한다면 언젠가는 만년의 유통기한을 가진 소설을 쓰게 될지도 모른다. 하지만 막연한 희망에 기대고 있을 바에야 나의 속도와 방식에 맞춰 움직이는 편이 나답다.

유통기한 임박! 암사자북스의 소설은 '아직까진' 유통기한이 좀 짧다. 그 기한을 늘리기 위해 최선을 다해 매일 쓰고 고치고 있지만 쉽진 않다. 하지만 갓 만든 음식이 신선하고 맛있는 것처럼, 갓 쓴 글이 주는 심상치 않은 매력도 있다. 내 소설이 꼭 그렇다는 것은 아닌데, 아무튼 음식에 비유하자면 그렇다. 날것의 싱싱한 소설, 읽어보고 싶지 않은가!

계절성 질병, 신춘문예병

봄 편지는 추운 겨울에 부친다. 집을 나서기 전 황갈색 서류봉투를 꼼꼼하게 살핀 뒤, 겉면에 붉은 펜을 들고 썼다. 신춘문예 담당자 앞. 한 해 동안 열심히 농사를 짓듯 정성으로 지은 소설들을 이제 보내야 할 때다. 겉옷을 챙겨 입고, 도톰한 부피를 가진 서류봉투를 끌어안았다.

11월 말. 봉투를 들고 있는 손이 시렸다. 입김을 모아 빨갛게 언 손끝을 녹이려 애쓰며 걸음을 옮겼다. 지난 몇 개월은 이 손끝으로 정신없이 키보드를 두드렸다. 합정역 4번 출구 앞, '서교동 우체국' 앞에 이르렀다. 문우, 유진과 문영도 약속한 시각에 손을 호호 불며 나타났다.

"오늘이 '소설(小雪)'이래요. 작은 눈, 그러니까 첫눈이 내리는 날이래요. 소설에 부치는 소설들. 뭔가 예감이 좋죠."

창구 앞에서 봉투를 들고 어색하게 웃으며 기념사진도 찍었다. 우리는 한 해 동안 소설 농사를 함께 지은 글 친구이자, 서로의 첫 독자. 우리의 손을 떠나 씩씩하게 봄을 향해 떠나가는 소설의 안녕을 함께 빌었다.

홀가분해진 손으로 우체국을 나서며 우리는 이 근처에서 제일 맛있는 걸 먹자는데 입을 모았다. 문영은 맛있는 음식점을 기억해두었다가, '찜' 해두는 것을 잊지 않는 사람. 그 덕에 분위기 좋은 식당 한 곳에 들어갔다. 일본식 돈가스를 파는 곳이었다. 가격과 품질을 저울질하는 대신, 나는 눈에 보기에 가장 맛있어 보이는 요리 하나를 내 몫으로 주문했다. 음식은 정갈했고, 알맞게 따뜻했고, 무엇보다 맛있었다. 한 해의 마무리, 수고한 나에게 대접하는 음식으로 적당했다. 나는 큼지막한 돈가스 한 조각을 소금에 살짝 찍어 입에 욱여넣으며 말했다.

"유진 님이 작품 응모한 ○○신문사는 당선자 상금이 꽤 높던데요? 다른 곳은 오백만 원인데, 거긴 무려 칠백만 원이라니. 상금 받으면 뭐 하실 거예요?"

우리는 소설 쓰기로 만나, 마음껏 상상할 것을 독려하는 친구들. 그때부터 우리는 받지도 않은, 받을 가능성이 희박한 '상금 이용 계획'에 대해 구체적으로 대화를 나누기 시작했다. 우리의 얼굴은 소설 합평을 할 때보다 더 진지한 얼굴이 되었다. 유진이 먼저 입을 열었다.

"아주 먼 곳으로 해외여행을 가고 싶어요!"

유진의 눈앞에 키 큰 야자수가 빼곡한 해외의 여름 해변이 펼쳐지는 것만 같았다. 문영에게도 물었다.

"문영 님은 만약에 상금 받으면 뭐 하고 싶어요? 남편한테 말할 거예요?"

"아무래도 시상식을 하니까 남편은 자연스럽게 알게 될

테지만……. 아무튼 저는 상금 받으면 일단 노트북부터 바꿀래요."

"슬기 님은요?"

"저는 생명 연장이요. 한 달에 아무리 아껴도 최소 생활비가 월세며 공과금까지 해서 백이십만 원은 필요한데, 상금이 오백만 원이면 넉 달은 또 글 쓸 수 있으니까."

"우리, 만약에 여러 곳에서 당선되면 어떡하죠?"

"지난해에도 주요 두 신문사에서 당선된 작가님이 있대요. 지지난해에도 그렇고."

"그렇게 되면 상금이 너무 많아지네. 행복하네."

부족하게만 느껴지는 소설을 떠나보내고 조금은 헛헛한 마음이 되었는데, 우리는 상금을 받은 사람처럼 부자가 된 마음으로 즐겁게 웃고 떠들었다. 온갖 현실성 없는 상상들을 헛소리 말라며 무시하는 대신, 그 상상에 다른 상상을 얹어 깔깔댈 수 있는 사람들. 소설 쓰는 문우들을 만나면 도무지 집에 돌아가고 싶지 않다. 스무 살 대학생 때처럼 밤새도록 놀자고 조르고 싶어지는 마음을 꾹꾹 눌러 담는다. 돌아갈 방향이 다른 문우들을 향해, 다음에 또 만나, 꼭 만나, 말하며 손을 흔들었다.

신춘문예 당선자는 1월 첫 신문 지면에 공식적으로 공개

되지만, 당선자에겐 크리스마스 전엔 통보한다. 12월 중순을 넘어서자, 나는 화장실에 갈 때도 휴대전화를 들고 들어갔다. 울진 않았지만, 우는 것 같은 애타는 마음이었다. 하루가 멀다 하고 걸려오던 스팸 전화조차 12월에 거의 오지 않았다. 오지 않는 전화를 기다리고, 기대하는 마음에 그 어떤 일도 손에 잡히지 않는 그런 시간들. 증상이 유사한 것을 찾자면 상사병 같은 것, 정해진 계절이 있으니 또 분류하자면 계절성 질병 같은 것. 나는 12월 꼬박 한 달 동안 '신춘문예병'을 앓았던 셈이었다.

전혀 설레지 않는 새해가 밝았고, 1월 첫 신문이 발행됐다. 당선작들이 신문 지면과 온라인에 게재됐다. 나는 이유를 알 수 없는 억울함으로 당선작 몇 편을 화면에 띄워 읽어내려갔다. '얼마나 잘 썼나 보자' 가시 돋친 마음으로 시작했지만, 당선작들의 문장에서 뭉클, 마음이 뭉쳐졌다. 당선작들에선 얼굴을 알지 못하는, 먼 곳의 작가들이 오래도록 간직한 마음과 시간이 켜켜이 쌓여 있었다. 당선될 소설을 쓴 위인은 못되었지만, 지독한 계절병이자 상사병을 앓으며, 나는 달리 읽는 법을 익힌 모양이었다. 이제 다시는 예전처럼, 그 어떤 소설도 '무명'인 채 무심히 읽지 못한다.

물론 그 뒤로도 한참을 더 소설 쓰지 못하는 시간을 보내야 했다. 소위 '내 글 구려병' 때문에 한참을 더 허우적거렸다. 하지만 늘 그렇듯 시간이 약이었다. 나는 시간이라는 약을 먹고 다시 천천히 내 소설을 써 내려간다. 오래 앓은 병으로 면역이 되었으니, 적어도 다음 해엔 더 단단한 글을 쓸 수 있을 것이라는 믿음을 가지고.

욕망의 가방

학창 시절의 나는 공부를 열심히 하는 '상상'을 할 때 가장 행복한 학생이었다. 공부할 때 행복했더라면, 미국의 하버드대학교에 입학했을 거라 농담 섞인 말을 하지만, 아무튼 그랬다. 열심히 공부해서 좋은 성적을 받았다거나, 선생님께 칭찬받는 일보다, 스탠드 불이 켜진 책상에 앉아 밤이 늦도록 어려운 문제를 풀어나가고, 문제집 위로 코피가 후드득 떨어지면 고개를 젖혀 지혈하는 그런 나의 모습을 상상하는 일이 즐거웠다. 아무도 인정해 주지 않았지만 혼자서 어깨를 으쓱댈 수 있는 그런 순간.

나의 상상이 현실로 이뤄진 적은 단언컨대 단 한 번도 없다. 피구 공에 정통으로 코를 얻어맞아도 코피 한 번 흘리지 않은 튼튼한 몸을 가졌고, 밤늦도록 공부하는 일이란 잠 많은 나에겐 비현실적인 일이었다. 동창 친구들의 기억 속에도 나는 늘 책상에 엎드려 잠을 자고 있는 사람이었고, 반성의 눈물 대신 흥건한 침을 한가득 흘려 교과서를 퉁퉁 불어 터지게 만드는 사람이었다.

기숙사 생활을 했던 나는, 명절이나 긴 연휴가 되면 또 상상의 나래를 펼치곤 했다. 기숙사와 학교에선 잠만 자고, 꿈만 꾸는 날들을 이어갔는데도 어쩐지 부모님이 계신 따뜻한 집에선 공부를 잘할 수 있을 것 같은 근거 없는 확신이 들었기 때문이었다. 잠도 자지 않고, 또 코피를 흘리며 공부하는 나의 모습. 엄마가 조용히 방문을 열고 들어와 '우리 딸 힘내' 하며 깎아다 준 조각 사과를 포크로 집어먹으며 불굴의 의지로 공부하는 그런 모습을 상상했다. 얼마나 대견하던지. 나는 또 어깨를 으쓱대며, 여행용 가방을 펼쳤다. 기숙사 방 책꽂이에 있는 책들을 하나씩 빼 가방에 넣었다. 참고서와 교과서, 문제집, 오답 노트로 정리하기에 너무 많이 틀려버려 손도 대지 못한 지난 시험지, 꼭 들어야 할 인터넷 강의 목록 등을 주르륵 적어둔 노트까지 바리바리 쌌다. 고작 2박 3일 정도밖에 되지 않는 연휴기간인데, 1년 동안에도 다 못 볼 양의 책을 챙긴 셈이었다. 기숙사 책장이 반쯤 텅 비었다. 묵직한 여행용 가방을 끌고 버스 정류장으로 향했다. 바퀴 달린 가방인데도, 끌고 가는 것부터가 고역이었다. 버스가 도착하고, 여행 가방을 들어 올리는데 와지끈 소리를 내며 손잡이가 부러졌다. 손잡이 없는 여행용 가방을 힘겹게 들고, 집까지 간 나는 결국 '한 장'도 보지 않고 기숙사로 돌아왔다. 나의 상상에 반성은 없었다. 1년 치 책을 챙겨서 2박 3일 동안 뒹굴뒹굴하다 다시 기숙사로 돌아오는 일들이 늘 반복됐다.

용케 졸업했다. 대학생이 되었고, 직장인이 되었다가 숱

한 이직을 거쳤다. 이제는 글 노동자로 산다. 쏜 화살같이 빠르게 시간이 지난 것 같지만, 꽤 많은 사람을 만났고 즐겁고 아프고 시리고 따끈한, 냉탕과 온탕을 오가며 단련하는 시간을 보냈다. 그렇게 어른이라는 단어가 전혀 어색하지 않은 그런 나이 한가운데를 살아간다.

시간은 앞으로만 향하는 것 같지만 계절이 돌 듯 반복되는 것이 있다. 다시 돌아오는 명절 연휴가 그렇고, 그때마다 맞춰서 발현되는 '이번에는 완전 열심히 할 것 같다'는 순도 100% 상상력이 만든 잘못된 판단이 그렇다.

명절 연휴를 맞아 서울에서 고향 집으로 향하는 기차역으로 향한다. 어깨에 멘 가방은 터질 듯이 부풀어 있다. 맥북, 아이패드, 애플펜슬, 지금껏 계속 미뤄온 교정지 한 묶음, 읽으면 정말 좋을 멋진 소설책 3권과 한 달 동안 공부해도 시간이 모자랄 소설 작법서와 아이디어 노트까지 챙겼기 때문이다. 몇 분 걷지 않았는데도 가방을 멘 어깨가 결려온다. 헛된 욕망의 가방을 들고 서울역으로 향하면서 나는 또 행복 회로를 돌린다. 기차 안에서부터 멋지게 노트북을 두드리며 진지한 얼굴로 글을 쓰는 나의 모습이 영화의 한 장면처럼 스쳐 지나간다. 고향 집에서의 모습도 마찬가지다. 시간을 쪼개 글을 쓰고, 책을 읽고, 고뇌하는 그런 열정적인 작가의 모습이 끊임없이 이어진다.

출발 10분 전, 기차에 올랐다. 나는 상상한 대로 실천해 본다. 노트북을 꺼내 무릎 위에 올려둔다. 기차가 출발하고, 창밖으로 풍경들이 빠른 속도로 지나갔다. 나는 잠시 노트북 화면에 시선을 두었다가, 글을 써보려 몇 글자 끄적이다가 이내 노트북을 닫았다. 버스, 택시, 기차, 비행기 등 탈것들에 오르면 나는 어김없이 멀미하는 사람이었다.

'그래, 기차에선 잠을 자두고, 집에서 열심히 하는 거야.' 까무룩 잠이 들었다가 깨어나니 어느새 고향 집 기차역에 도착한다. 같은 한국에서 시차 적응을 핑계로 늘어지듯 잠을 자며 하루를 보내고, 잔칫상 같은 엄마의 밥상을 아기 새처럼 받아 먹으며 배를 채우다 보면 이내 온몸이 나른해진다.

명절 특선영화나 아이돌 체육대회 따위를 보다보면 또 하루가 사라진다. 나는 전을 집어 먹으러 부엌을 오가는 틈틈이 욕망의 가방 쪽을 흘깃 쳐다보지만, 그 뿐이다. 못 본 척 하는 시간들이 흘러간다. 명절이 끝나고 서울로 돌아오려는 때 깨닫는다. 가방 안에 있는 것들을 단 한 번도 꺼내놓지도 않았다는 사실을. 인간은 같은 실수를 반복하는데, 그것도 아주 오래 반복한다는 사실을 어깨 아프게 느낀다. 뭐, 적어도 상상 속에서라도 멋진 작가로 살았으니 그나마 다행이라고 생각하는 편이 나으려나.

좋아하는 것으로 호들갑을 떨 친구가 필요해

때는 2006년, 울산의 H고등학교 자습실. 친구 S가 의자에 앉아 꾸벅꾸벅 졸고 있는 내 옆구리를 손가락으로 쿡 찔렀다. 입가에 흐르는 침을 손등으로 닦으며 무슨 일이냐는 듯 S를 쳐다봤다. S는 조용히 따라오라는 손짓을 했고, 우리는 야간자율학습 감독을 하는 주임 선생님의 눈을 피해 조심조심 복도를 걸어, 옥상으로 이어지는 계단에 몸을 숨겼다.

"왜 무슨 일인데?"

S는 대답 대신 PMP를 꺼내 들었다. 바야흐로 당시는 인터넷 강의가 꽃 피우던 때였다. 강의를 내려받아 들고 다니면서 볼 수 있는 작은 단말기 PMP는 고등학생들의 필수 아이템이었다. S는 이어폰 한쪽을 내 귀에 꽂아주고, 영상의 재생 버튼을 눌렀다. 청춘의 아이콘으로 명성을 크게 얻었다가, 병역 문제로 한국에서 쫓겨난 뒤 돌아오지 못하는 가수의 근황 영상이었다. 반가운 마음이 들었지만, 나도 모르게 주변을 살피게 됐다. 야간자율학습이 한창인 시간이어서 주변은 고요했다. 우리는 몸을 최대한 웅크리고 작은 화면에 떠오른, 한때 우상이었던 '그'의 영상을 감상했다. 내친김에 왕성하게 활동하던 시기의 무대 영상까지 보니 가슴이 벅차올랐다. 너무 신이 난 나머지 소곤거리지

못하고 생목소리를 냈다가 친구에게 팔뚝을 찰싹 소리가 나도록 맞았다. 그것마저 즐거워 킬킬대며 웃었다. 올바름도 주입식 교육으로 입력되던 여고생 시절. 금지된 무언가를 좋아하고 그것을 나눌 비밀스러운 친구가 있다는 것은 어른의 삶에 가까워지는 것 같은 기분이 들게 했다. 특별한 존재가 되는 것만 같은 착각이 들었다.

서울에 있는 대학에 입학했다. 대학교 기숙사 신청 기간을 놓친 탓에, 대도시 서울에서의 첫 생활은 학교 정문에서 멀지 않은 원룸에서 자취로 시작했다. 이제 갓 미성년을 벗어난 스무 살이 살림살이와 학업 모두를 제대로 챙길 수 있을 리 만무했다. 냉장고는 온갖 곰팡이들을 배양하는 실험실이 됐다. 방 안에 두었던 쓰레기통 뚜껑을 열면 초파리 떼가 회오리치며 솟아오르는 진귀한 광경과 마주했다. 학점은 바닥을 쳤다. 용돈이라도 벌어보자고 시작한 아르바이트도 최저시급이 보장되지 않던 시절이어서 변변치 않았다. 외식 몇 번 하고 나면 용돈이 똑 떨어졌다. 1,500원짜리 김밥 한 줄과 라면으로 끼니를 때우는 일이 잦았다. 대학 생활은 낭만과 거리가 멀었다. 대도시에서 잠식당하지 않으려면 발버둥 치듯 사는 수밖에 없는 것만 같았다. 실제론 바쁘지 않으면서도, 마음은 늘 부산스러웠다. 무언가를 좋아한다는 건, 여유로운 마음 일부를 뚝 떼어 장기 월세를 주는 것. 마음 내어줄 틈 없던 20대 시절의 나는 그 어떤 것도 제대로 좋아하지 못하는 팍팍한 삶을 살아내야 했다.

"민기는 도대체 왜 그 여자를 좋아하게 된 거죠? 범주와는 삼각관계가 아닌 거예요? 영애 이모는 그럼 그 뒤에 어떻게 살게 되는 거예요?"

2022년의 한 칼국수 집. 방송에도 여러 번 나왔다는 맛집 칼국숫집에서 우리는 2시간 넘게 떠들고 있었다. 나는 시계를 여러 번 확인하면서도 대화를 멈출 수 없었다. 장편 소설 초고를 완성했던 때였고, 바쁜 일정 중에도 혼신의 힘을 다해 긴 글을 읽어준 문우의 피드백을 더 듣고 싶었다. 문영은 나의 소설에 등장하는 인물들의 이름을 세세히 기억해 주는 첫 독자였다. 유진도 그런 고마운 사람 중 하나였다. 유진도 문영의 말을 거들며, 내가 갓 지어낸 소설의 인물들에 대해 궁금하다고 했다. 수북이 쌓인 바지락 껍데기 위로 소설 이야기가 넘실넘실 오갔다. 나에겐 칼국 숫집이 잠실 코엑스의 별마당 도서관 같은 멋진 곳처럼 느껴졌다. 수많은 관객 앞에서 북토크를 하더라도 이것보다 행복하진 않을 것 같았다.

"그럼, 자세한 얘기는 카페 옮겨서 하실까요."

칼국수 가게에서도 충분히 자세한 얘길 나눴지만, 우리는 더 자세한 소설 이야기를 약속하며 자리에서 일어서 카페로 향한다. 이런 때면 발걸음이 유독 가볍다. 좋아하는 것을 더 면밀히, 눈치 보지 않고, 해야 할 말을 거르지도 않고, 꾸미지도 않고 마음 가는 대로 한껏 나눌 수 있는 사람들이 곁에 있다는 건 얼마나 즐거운 일인가.

따뜻한 커피 한 잔을 앞에 놓고 우리는 또 소설 이야기를 한다. 쓴 것, 읽은 것 가릴 것 없다. 이야기는 이리저리 튀는 것 같지만, 결국 소설 이야기로 돌아온다. 문우를 만나면 얘기해주려고 알맞게 묵혀두었던 것들을 모조리 꺼내 테이블 위에 펼쳐놓는다. 소설을 좋아하는 사람들이 아니었더라면, 난반사되어버렸을 시시한 소재의 이야기들이 상대의 몸에 쏙쏙 흡수되는 것을 느낀다. 삼십 대 중반이 되어서야 만난 친구들과 이토록 마음을 터놓고 좋아하는 것을 얘기할 수 있다니. 좋아하는 작은 것을 앞에 두고 호들갑을 떨 수 있는 건 여고생만의 특권이라 생각했는데, 그게 아니었던 모양이었다.

"남편은 내가 아무리 소설 쓰러 간다고 해도, 매번 독서 모임 잘 갔냐고 묻는다니까요. 엄연히 다른 건데."

"그냥 다음부터는 독서 모임 갔다고 해버려요. 어차피 신경도 안 쓸걸? 재미있는 얘기는 재미있는 사람들끼리 실컷 하면 되지."

우리는 커피잔을 다 비우고도 한참을 앉아 떠들었다. 가끔 비밀 이야기를 하듯 소곤거리기도 한다. 문영은 남편에게 걸려 온 전화에 '소.설.쓰.기.모.임'에 간 것이라며 꼬박꼬박 정정해준다. 우리는 그 대화를 엿듣고 또 웃는다. 금지된 것도 아닌데, 이젠 그리 좋아하는 사람이 많지 않게 된 소설과, 그 소설을 잘 써보겠다는 사람들의 은밀하고도 킬킬대는 밤이 깊어져 갔다.

비밀이 많은 당신 소설을 써라

청소년을 위한 소설 쓰기 수업을 꼭 한번 해보고 싶다고 생각했다. 정성껏 4주짜리 수업 계획서를 만들었다. 수업의 이름은 뭐로 할까, 고민하다가 문득 '글쓰고, 십대'라는 이름이 떠올랐다. 무척 마음에 들었다. 나도 모르게 탁, 하고 힘을 주어 무릎을 쳤다. 아픈데 웃음이 나왔다.

교복을 입은 두 학생, 혜인과 서희가 수업을 진행하는 책방으로 쭈뼛거리며 들어왔다. 책상에 앉은 아이들은 준비하라고 시킨 적 없는데도, 가방에서 예쁜 새 노트를 조용히 꺼내 올려두었다. 아이들은 첫 페이지를 가지런히 펼치고 잠자코 기다렸다. 나는 아이들의 눈을 바라봤다. '이제 뭘 하실 거죠?' 묻는 것만 같았다. '이제부터 뭘 해야 하는 건, 너희들이지.' 나는 말없이 대답했다. 아무것도 펼쳐놓지 않았고, 쓰지 않았는데 우리는 벌써 무언갈 잔뜩 나눈 것만 같았다.

비밀이 많은 10대 시절을 보냈다. 돌아보면 그리 비밀스러운 일이 아닌데도, 꼭꼭 숨겨 비밀로 만들고야 말았다. 친구들이나 어른들 앞에서 꺼내놓는 법이 없었다. 감춘 것을 들키지 않기 위해, 더 큰 목소리를 내고 밝고 씩씩한 태도를 보이려 애썼다. 그래서인지 아무도 나의 마음 서랍 깊숙이 감춘 것에 관해 묻지 않았다. 감춘 것은 작은 생채

기가 있던 귤만 한 감정이었는데, 어느새 곰팡이가 폈다. 썩어 악취를 풍겼다. 늦은 밤, 기숙사 방에서 나는 그것을 꺼내 살피고 혼자 그렇게도 서러워했다.

스스로 감춘 비밀이 있다 해서, 위로와 공감을 받고 싶지 않은 것은 아니다. 나는 내 나름의 방법을 찾으려 애썼다. 그렇게 시작된 게, '만약에'로 시작하는 이야기들이었다. 쉬는 시간, 점심시간, 혹은 수업이 모두 끝나 기숙사로 돌아가 삼삼오오 모여 간식을 먹는 시간. 나는 친구들에게 곧잘 지어낸 이야기들 사이에 내가 숨겨 놓았던 생각과 감정들을 교묘히 섞어 넣었다. 때때로 그럴 수도 있지, 하고 공감받았고, 가끔은 그런 생각을 하면 안 되는 거야 질책받았다. 공감받은 날엔 기운이 펄펄 났고, 질책을 받은 날엔 서랍 더 깊숙한 곳에 비밀 뭉치들을 구겨 넣는 방법을 고민하느라 밤잠을 설쳤다. 잠이 부족하고 바쁘고 또 피곤한 학창 시절이었다.

"많은 이유가 있겠지만, 소설을 왜 쓸까?"

나는 물었다. 아이들은 대답 대신 필기하려는 듯 볼펜을 쥔 손을 빈 노트 위에 올렸다. 눈을 마주치고 싶지 않은 듯, 노트 맨 윗줄에 시선을 고정한 채다. 나도 덩달아 민망한 마음에 앞에 놓인 종이에 의미 없는 빈 동그라미를 그린다. 내가 물었지만, 대답도 내가 할 차례이다.

"나는 그렇게 생각해. 소설에는 내가 '진짜' 하고 싶은 말을 할 수 있는 거거든. 나와 성별도 나이도, 사는 곳도 혹은 살아가는 시대도 다른 소설 속 인물의 입을 빌려서, 내가 숨겨둔 비밀 이야기들을 죄다 털어놓을 수 있는 거야."

아이들이 슬며시 내 눈을 바라봤다. 진짜 그래도 되겠냐는 무언의 질문을 담고 있는 것만 같았다. 나는 확신을 주고 싶었다.

"친구, 선생님, 어른들이 너희들 글을 보고 이런 망측한 생각을 한다니, 하고 손가락질하게 되더라도 소설 쓰는 사람들은 어깨를 쭉 펴고 이렇게 말할 수 있는 거야. 이거 다 지어낸 건데요, 하고."

서랍 속에 넣어둔 눅눅한 비밀을 꺼내 종이 위에 써 내려가는 시간. 아이들은 어른들 못지않게 소설 쓰는 시간에 몰입했다. 꾹꾹 힘을 주어 눌러 쓴 지어낸 것들에는 진심이 가득 담겨 있었다. 우리는 비밀을 나누고, 그만큼 가까워졌지만, 그 사실을 모르는 척해주었다. 이 주인공은 아주 아팠겠구나, 내가 할 일은 소설의 첫 독자로서 소리 내 공감하는 것 그뿐이었다. 그러는 동안 햇볕 같은 종이 위에서 눅눅한 비밀이 바짝 마르길 바라며.

"글 쓰는 거 너무 재밌어요."

수업을 마치고 집으로 돌아가는 시간. 혜인이 봄 햇살처럼 웃으며 말했다. '재미있다'는 말에서 나는 해방감을 찾아 읽는다. 사뿐거리며 가는 뒷모습에서, 자유로움을 읽는다. 소설을 쓴다는 건, 이런 것이다. 30대가 훌쩍 넘어서야 쓰기 시작한 소설에서 내가 뒤늦게 발견한 해방감과 자유로움을 아이들이 일찍 느낄 수 있어서 다행이란 생각이었다.

이미란 작가는 《소설창작 강의》에서 왜 소설을 쓰는지에 대해 세 가지로 이야기한 바 있다. 첫째, 소설가는 삶에 대한 이해를 나눠 다른 이들과 공감대를 형성하기 위해 쓴다. 둘째, 자신의 내부에 풀어내고 싶은 이야기를 '서사적 진실'로 구현하고 삶의 주도권을 얻기 위해서 쓴다. 셋째 그저 소설을 쓰는 즐거움을 얻기 위해서 쓴다.

소설을 쓰는 의미가 그저 지어낸 이야기 묶음에 불과한 것이 아니란 게 이런 데 있다. 소설을 쓰는 동안 소설가는 삶을 어떻게 살 것인가에 대한 질문을 끊임없이 던지고, 각자의 답을 얻는 시간을 치열하게 보낸다. 이야기하고자 하는 본능에 가까운 욕망을, 언어의 벽돌을 차곡차곡 쌓아 만든 허구의 세계를 통해 구현해 표현하기 위해 애쓴다.

당신, 비밀이 많다면 부디 소설을 썼으면 좋겠다. 아주 오래전부터 서랍에 넣어두고 묵혀둔 것들, 하얗고 푸른곰 팡이가 핀 것들을 늦지 않게 소설 위에 널어놓고 천천히 말리는 시간을 보내면 좋겠다. 소설 속 세상에서 자유롭게 유영했으면 좋겠다. 그랬으면 좋겠다.

소설 쓰기 클럽

〈소설 쓰기 클럽〉 2기의 첫 번째 만남이 있던 날이었다. 고단한 하루를 보냈을 멤버들이 무거운 걸음으로 책방에 도착했다. 소설을 쓰고 싶다는 열망 하나로, 남은 힘을 쥐어 짜내 먼 곳까지 발걸음 했을 터. 고된 업무와 혼잡한 퇴근길에서 겪었을 고생이 그들의 어깨에 잔뜩 매달려 있는 것만 같았다. 이 시간을 헛되이 보냈다고 생각하면 어쩌지. 모임 진행자로서 부담감이 한없이 밀려왔다. 굳은 표정의 사람들에게 애써 미소를 지어 보였다.

　"모임 규칙은 간단해요. 책방에 도착하면, 간단히 인사하는 일을 제외하고 소설 쓰기를 시작하는 겁니다. 휴대전화 메시지에 답장하거나, SNS를 하는 일도 하지 않기로 해요. 2시간 동안 오롯이 소설 쓰기에 집중해야 합니다. 2시간이 끝나면 다시 이 자리에 모여 앉아서, 오늘의 작업에 대해 그리고 소설 쓰기에 도움이 될 만한 자료를 함께 나눕니다."

　고작 모임의 규칙을 설명하는 것뿐인데도 내 목소리가 파르르 떨려왔다. 입이 바싹 말랐다. 참석자 중 한 명이 그런 나의 긴장을 읽었는지, 따뜻한 눈빛을 하고서 고개를 끄덕여 주었다. 잘하고 있다고 말하는 듯했다. 글 쓰는 것을 좋아하는 사람들을 만나면 이렇다. 나보다 나의 마음을 더 잘 헤아린 다정한 위로를 받기 마련이다. 작은 몸짓 하나 덕분에 마음이 놓인 나는 조금 더 목소리에 힘을 주어 말을 이어 나갔다.

"소설 쓰기 클럽의 또 다른 규칙이 하나 더 있어요. 절대 이 시간을 '어떤 글을 쓸까?' 고민하며 머뭇거리는 시간으로 흘려보내지 않는다는 거예요. 쉬지 않고 머릿속에 떠오르는 내용들을 마구마구 쏟아내는 겁니다. 백스페이스와 딜리트 버튼을 누르지도 않고 쭉, 써내려 가는 거예요. 마감 시간이 두 시간밖에 남지 않은 작가가 된 마음으로 말이에요. 그럼, 지금부터 2시간 동안 각자의 자리에서 소설을 쓰기 시작하면 됩니다. 시작!"

타자 치는 소리가 책방을 가득 채우기 시작했다. 나는 조금 떨어진 구석 자리에 앉아, 고요히 자신의 소설 세계에 머물며 그에 관한 이야기를 써내려 가는 사람들을 지켜보았다. 무언가에 몰입한 사람의 얼굴은 아름답다. 그 모습을 기록하고 싶어 휴대전화 카메라를 꺼내 들었다가 차마 촬영하지 못하고 다시 내려놓았다.

30분쯤 시간이 흘렀을까. 열심히 글을 쓰는 사람들 사이에서, 노트에 아무것도 쓰지 못하는 중년 여성에게 시선이 갔다. 나는 조심스럽게 다가가 불편한 것은 없는지, 무엇이 고민되는지 여쭈었다.

　"안 가르쳐줬는데, 어떻게 써요? 나는 소설을 쓸 줄 몰라요. 소설 쓰는 방법을 알려주는 수업이라 생각하고 왔는데…… 제대로 안 읽어보고 신청한 제 잘못도 있지요."

　난감해하는 표정을 보고 있노라니, 나도 미안한 마음이 들었다. 소중한 시간을 내어 왔는데, 실망만 잔뜩 하고 돌아갈 것을 생각하니 안절부절못할 지경이었다.

　"마음에 묻어두기만 하고, 글로 쓰거나 누군가에게 시원히 털어놓지 못한 이야기가 있나요? '소설'이라는 형식에 구애받지 말고, 이 시간엔 일기를 쓰듯 내 마음속에 있는 어떤 이야기든 털어놓는 게 어떨까요. 자신이 경험하지 않은 것은 소설로 쓰지 않는다고 말하는 작가가 있는 것처럼, 그 어떤 이야기도 소설이 될 수 있다고 생각하거든요."

　2시간이 흘렀다. 나는 잠긴 목을 큼큼, 소리를 내며 가다듬고 시간이 다 되었음을 사람들에게 알렸다. 잠에서 깬 것처럼 몽롱하게, 자신의 소설에서 휘청휘청 걸어 나온 사람들이 각자의 글을 들고 자리에 모였다. 중년 여성분도 노트에 빼곡히 적은 글을 손에 들고 수줍게 자리에 앉았다. 소설 쓰는 2시간 어떻게 보내셨나요, 많이 쓰셨나요. 사람들은 돌아가며 대답했다. "시작도 못했던 소설인데,

오늘 A4 용지 기준으로 세 장이나 썼지 뭐예요.", "오늘 그동안 머릿속으로만 생각했던 소설의 시놉시스를 완성했어요.", "저는 두 장 정도를 썼어요. 절대 못 쓸 줄 알았는데, 썼어요.", "오랫동안 손 놓았던 소설을 오랜만에 이어 썼어요."

선뜻 글을 쓰지 못했던 중년 여성의 차례가 됐다. 요양원에 계신 노모에 대해 글을 써보았다고 했다. 이게 글이 될지 모르겠다고 말하는 그녀에게 혹시 실례가 되지 않는다면 함께 앉은 이곳에서 낭독해 줄 수 있는지 부탁했다. 환갑이 지난 딸을 둔 80대 노인은, 딸의 소설 속에서 10대 소녀가 됐다가, 힘겹게 자식들을 키워낸 엄마였다가, 기억을 잃은 노인이 되었다. 글을 쓰고 읽는 사람도, 듣는 사람도 울컥 차오르는 울음을 누르느라 한참을 씨름해야 했다. 나는 소설을 잘 쓰는 사람도, 좋은 소설과 그렇지 않은 것을 평가할 처지도 아니지만 그녀의 글 앞에선 단언할 수 있었다. 정말 좋은 글이었다.

"이야기 들려주셔서 정말 감사해요. 이렇게 좋은 글이 세상에 없었다는 게 아쉬울 지경이에요. 정말 좋은 글을 쓰셨어요. 앞으로도 글을 쓰셨으면 좋겠어요. 오늘 쓴 글이, 글을 쓴 작가에게도 큰 의미가 있기를 바랍니다."

모임이 끝나고 사람들이 모두 책방을 빠져나갔다. 나는 의자 하나에 걸터앉아 지나가 버린 시간을 돌아봤다. 대부분은 온갖 핑계를 대며 단 한 줄도 쓰지 않던 시간에 관한 것이었다. 글 쓸 수 없다고 단정 지어왔던 시절들이었다. 퇴사만 하면 완벽한 글을 뚝딱 쓸 수 있을 거란 망상이 지배적이었던 그런 시간. 이제는 회사에 다니지 않고, 글 쓰는 것이 유일한 일이지만 나는 여전히 뚝딱, 멋진 소설을 쓰지도 못했다. 심지어 그리 성실하지도 못했다. '당신도 소설을 쓸 수 있어요, 힘 내보세요.' 실컷 부추겼지만, 괜히 떳떳하지 못한 것 같아 부끄러워졌다. 한참을 빈 책방에 앉아 생각에 잠겨야 했다.

소설 쓰고 앉아 있네

"요즘 뭐 하고 지내세요?" 물으면, "소설 쓰고 앉아 있습니다." 대답한다. 으레 하는 말이지만, 사람들은 "대단하네요." 칭찬 섞인 말을 해준다. 이럴 때면 나는 당황하며 손사래를 친다. "대단하지 않아요. 생각보다 엄청 게으르게 사는걸요." 마음 고운 사람들은 나의 말을 겸손으로 해석한다. "그래도 열심히 하시잖아요." 게을러서 손해를 보는 건 나인데, 괜히 상대에게 미안한 마음이 든다. 내일로 미뤄두었던 작업을 마음속으로 헤아려 본다. 저녁에라도 돌아가서 할까, 생각하다가 내일 저녁으로 어차피 미뤄질 일이겠다 싶어 금세 생각을 접는다.

소설 쓰고 앉아 있다. 그리고 나는 아주 느리고 게으르게 살고 있다. 무더운 여름날 아스팔트 위에서 녹아 주욱 늘어난 고무처럼 그렇게 산다. 불성실하게 하루하루를 보내는 편이다.

사실 엄밀히 말하면 느리고 불성실하게 살아도 괜찮다는 것을 최근에서야 터득하게 됐다는 말이 정확하다. 나는 마음이 아주 바쁜 사람이었다. 해야 할 일들을 최대한 효율적으로, 빠르고 깔끔하게 처리하지 못해 안달 난 사람이었다. 퇴근한 뒤에도 몸은 쉬지만, 머릿속에선 일 생각이 둥둥 떠다녔다. 모두가 그런 줄 알았다. 자연스러운 일이라 생각했다.

　회사에 다니면서는 내 글을 단 한 줄도 쓰지 못했다. 소설 한 권 진득하게 읽지 못했다. 노력하지 않은 건 아니었다. 회사 일을 열심히 했지만, 회사 일만 하면서 살고 싶진 않은 마음은 굴뚝같았다. 내 인생이 월급 몇 푼에 팔려나가는 것만 같은 처참한 기분이 때때로 들었다. 출근 전 2시간은 꼭 소설을 쓰겠다고 다짐하고, 이른 아침 카페에 출근 도장을 찍은 적도 있었다. 아이패드를 켜고, 블루투스 키보드를 연결하고 단편소설 작법서 하나를 테이블에 가지런히 올려두었다. 전날 확인하지 못한 이메일, 점검하지 못했던 일의 목록들이 글쓰기에 앞선 순위에 놓였다. 소설 쓰겠다고 간 카페에서, 나는 일을 했다.

　그만두지 못하고 3년을 버티며 회사에 다녔다. 그러다 회사가 먼저 망했다. 사무실 책상 위에 놓인 내 물건들을 상자에 차곡차곡 담으며 생각했다. 학창 시절에도 모범생, 회사에서도 모범사원인 나였다. 다른 회사에 입사하게 되면, 나는 또 성실히 회사 일만 할 것이 분명했다. 회사가 망하며 모두가 잘려나간 상황이어서, 7개월 정도는 실업급여를 받으며 생활을 할 수 있었다. 언젠가 집을 살 때 보태야지, 하며 저축해 두었던 적금 통장을 살폈다. 이 속도로는 몇 년을 더 저축한다 해도, 집값의 70퍼센트를 대출받는다 해도 남은 30퍼센트를 모으는 데만도 오랜 시간이 걸릴 것 같았다. 함께 잘려나가는 동료들이 퇴직금으로 여행을 떠난다고 했다. 나는 이 돈을 의미 있게 쓰고 싶었다. 먼 미래의 내가 '그때 그러길 잘했지!' 생각하는 것이 무엇일까. 나는 다음 회사에서 받을 월급을 대신해, 지금의 나에게 시간을 선물하기로 했다. 글 쓸 시간, 충분히 소설 쓸 시간을.

그렇게 얻은 귀한 시간이었다. 조바심이 났다. 회사에 출근할 일도, 당장 해내야 하는 업무나 프로젝트가 있는 것도 아닌데도 그랬다. 아무것도 정해진 것이 없는데, 체계적이고 가시적으로 무언가를 해내야 할 것만 같은 생각이 자꾸자꾸 들었다. 엑셀을 켜서 하루 일과표를 만들기도 하고, 글 잘 쓰는 비법들을 담았다는 작법서들을 닥치는 대로 사들였다. 왜인지 모르겠지만 책상에 앉으면, 직장인들이 일하는 시간만큼은 쓰겠다는 강박도 있었다. 8시간을 꼬박 앉아서 썼다. 한 달에 한 편 완성하는 소설 수업에서 나는 서너 편을 써갔다. "참 성실하시네요." 칭찬을 듣는데 무언가 찜찜했다. 알맹이는 쏙 빠진, 부피감만 남은 빈껍데기 같은 나의 소설들이 대량생산 되던 시절이었다. 주인공이 살아가는 소설 속 장면들도 어느 것 하나 진득하지 못하고 휙휙, 그렇게 급하게 지나갔다.

끝없는 벌판을 방향 감각도 없이 전력 질주한 셈이었다. 어느 날 나는 사막 한가운데 대책 없이 고장 난 자동차처럼 꿈쩍도 하지 못했다. 소설을 단 한 글자도 쓰지 못했다. 그렇게 꼬박 한 달을 보냈다. 월급 대신 사들인 시간이 이렇게 흘러가는 것이 의미 없게 느껴졌다. 사람인이나 잡코리아 같은 구인·구직 사이트에서 시간을 보냈다. 자책이 밀려왔다.

"글을 쓰지 않는 시간도, 글을 쓰는 시간입니다."

조바심을 내는 나에게 진영 작가가 메시지를 보내왔다. 나는 곱씹어 읽었다. 글을 쓰는 시간만 생각했지, 글 쓰지 않는 시간이 어떤 의미인지를 생각해 본 적이 없었다. 글이 잘 써지지 않는다고 발만 동동 구르지 않나. 소설의 양분이 되는 작은 것들은 오랜 시간을 들여 가만히 관찰해야 발견되곤 한다. 조바심이 난 사람이 발견할 수 있는 것들이 절대 아니었다. 나는 소진될 수밖에 없었던 것이었다.

의도적으로 속도를 낮춘다. 게으르기 위해 애쓴다. 조바심이 나면, 오히려 침대에 벌렁 드러눕는다. 막막함이 밀려올 땐 잘 자는 반려견 우주를 깨워 쓰다듬고 괜히 안부를 묻는다. 공을 던지고 물어오는 의미 없어 보이는 일상을 주고받는다. 산책한다. 빈손으로 카페에 나가 커피 한 잔을 시키고 옆 테이블에서 들려오는 사람들의 대화를 엿듣는다. 그랬구나, 생면부지의 사람에게 연민을 품는다. 월급 대신 벌어들인 내 시간을 게으르고 느리게 사용한다. 내 삶에 뭉텅 빠져버린 것 같은 부분을 조금씩 채운다. 채운 것들로 소설의 다음 문장을 써 내려간다.

난 슬플 때 메모앱을 켜

"나 헤어졌다."

수연 언니가 남자친구와 헤어진 날이었다. 괜찮지 않을 것이므로, 괜찮냐고 묻지 않았다. 언니는 축축하게 젖은 목소리로 헤어진 이유에 대해 들려줬다. 세상에 아름다운 이별이 없다는 것을 또 한 번 보여주듯, 수연 언니는 중간중간 울컥하며 올라오는 화를 참지 못하고 욕을 하기도 했다. 점점 더 명백해졌다. 울먹이는 목소리는 헤어진 연인에 대한 그리움 때문이 아니었다. 그깟 놈에게 헌신했던 자신에 대한 연민이었고, 더 속 시원하게 전 연인에게 한 방을 날려주지 못한 것에 대한 억울함이었다. 언니의 눈시울이 붉어졌고, 이내 눈물이 차올라 자칫하면 주르륵 흘러내릴 것만 같았다.

"실컷 울어야 해. 알지?"

"그렇지 않아도 울고 싶은 만큼 울고 있어."

"나이 먹으니, 이별을 대처하는 방법도 아주 노련해졌어."

수연 언니와는 취업준비생 시절 처음 만나, 글이나 영상언어로 창작하는 것을 좋아한다는 공통점으로 친해졌다. 서로에게 든든한 지원군이긴 했지만, 사실 언니와 만나면 취업 준비는 뒷전이었다. 겉보기에는 세상 강인해 보이는 둘이지만, 연애에 있어서는 소심하고 지질하다는 공통점이 있었다. 몇 개월 찔끔 만나고 헤어진 '개새끼', 짝사랑하다가 용기 내 고백했더니 그걸 이용한 '소새끼', 그 외 기타 '쥐새끼', '말새끼' 추억 속에서 더는 사람 아니게 되어버린 상대들에 관해 이야기를 꺼내놓기 시작하면 끝이 없었다. 술 한 잔 마시지 않고도 꼴딱 밤을 새웠다. 우리는 서로의 흑역사를 쓸데없이 세세히 아는 사이가 됐다. 서로에게 밉보이면 큰일이 난다. 서로에게 결혼식이란 이벤트가 있을지 모르겠지만, 그곳에 거대한 시한폭탄을 들고 올 수 있는 위인들이 될 테니.

"이렇게 감정이 널뛰기할 때 모조리 써야 해. 그게 우리 자산이야."

이별 때문에 마음 아픈 사람을 앞에 놓고, 공감은커녕 써두라니. 섭섭할 수 있는 나의 말에, 수연 언니는 고개를 끄덕였다.

"응. 안 그래도 이미 써놨어. 거의 다 써놔서 바로 보내줄 수 있어. 잠깐만."

언니는 울먹이면서 휴대전화 메신저로 PDF 파일 하나를 내게 보내왔다. 열 페이지가 넘는 분량이었다. 나는 대화를 멈추고 찬찬히 읽어보았다. 상대를 원망할 땐 오탈자가 섞인 속도감 있는 문장들이, 때때로 그리워하는 부분에선 그때의 분위기를 품은 느릿한 문장들이 있었다. 보물과도 같은 글이었다. 감정의 소용돌이 속에 있지 않고서야 떠올릴 수 없는 생생한 단어와 문장들이 가득한 그런 솔직하고 귀한 글.

"슬퍼 죽겠는데, 눈물 흘리다 말고 휴대전화 메모 앱을 켜는 거야. 이건 뭐 변태도 아니고. 웃기지 않냐?"

좋은 글을 쓸 수만 있다면 흑역사든 뭐든 내 안에 있는 것을 벅벅 긁어다가 작품에 녹여내고 싶은 욕심이 있는 사람들이 여기 있다. 괴롭고 힘들고 슬퍼서 죽을 것만 같은데, 휴대전화 메모 앱을 힐긋거린다. 청승맞게 눈물을 흘리다 말고, 휴대전화를 집어 든다. 언제 울었냐는 듯 온 정신을 집중해 떠오른 단어들을 붙잡아 기록한다. 그러다 떠오른 얼굴에, 서러운 사건에 감정이 북받쳐 또다시 우는 것이다. 그러다 이 기록이 언젠가 좋은 작품이 되지 않을까, 생각하며 희미하게 웃는 그런 변태들.

보통은 평온한 날들을 살아간다. 드문드문 고민이 발 앞에 놓이지만, 예전처럼 크게 느껴지지 않는다. 이 또한 지나갈 것을 알고, 대부분 살면서 한 번쯤 겪어본 문제들의 반복이다. 마음이 요동치는 일은 드물다. 격정적인 로맨스도 잘 찾아오지 않고, 내 또래의 친구들은 가정을 꾸리고 안정적으로 살아간다. 덩달아 나도 고요히 살아가게 된다. 경상도 말로 '속 시끄러울 일' 없는 날들이어서 좋지만, 소설에는 악영향인 것은 분명하다. 소설 속 주인공들도 고민하지 않는다. 슬퍼하지도 않고, 그리하여 말도 안 되는 선택을 해 의도치 않은 모험을 떠나기 쉽지 않다. 나를 거쳐 나오는 이야기들이기에 그럴 수밖에 없다.

나는 그때마다 하루에도 수십 번 널을 뛰던 마음이 담긴 일기들과 메모를 펼친다. 뚝뚝, 끊어진 단어들, 욕설이 난무한 문장들에서 나는 과거의 나에게 감사하며 소설을 잇는다. 주인공들은 다시 슬픔에 빠지고, 허우적거릴 수 있게 된다. 나는 슬플 때 메모앱을 켠다. 울고 나면 감정은 곧 사라지고 만다. 그 감정을 붙잡아 소설의 재료로 쓰기 위해 엉엉 울면서 자판을 두드린다. 화나서 숨을 씩씩댈 때도 메모앱을 켠다. 상대의 잘못을 소상히 적고, 억울함을 호소하고 그 과정에서 마주했던 매몰찬 눈빛들을 묘사한다. 따끔거리는 마음들을 기록한다. 귀를 쫑긋거리고 있다가, 우연히 마주한 상황들도 기록해 둔다.

별일 없이 사는 소설 쓰는 인간의 메모장에 문장 하나가 추가된다. 카페 바로 옆 테이블에서 헤어진 남자의 혼잣말을 주웠다. 남자는 속이 끓고 괴롭겠지만, 나는 어쩐지 부럽다. 그도 오늘 밤에 일기를 쓰게 될까. 나는 이제 갓 헤어진 연인이 등장하는 소설의 앞부분을 떠올리며, 카페 문을 나선다.

멋진 작업실을 갖고 싶어

글이 도무지 써지지 않는 그런 날이 있다. 나중에 해도 그만인 집안일이 자꾸 눈에 밟힌다. 밥은 1시간 전에 먹었는데도, 입이 심심하다. 특별히 먹을 생각도 없으면서 냉장고를 의미 없이 여닫는다. 큰맘 먹고 산 검은 책상에 하얀 먼지가 곱게 가라앉아 있는 것을 발견한다. 물티슈를 한 장 뜯어다 대충 휘휘 닦아본다. 먼지는 닦이기보단 한쪽으로 밀려난다. 괜히 침대 위에 아무렇게나 구겨진 이불을 반듯하게 펴고, 빨래 바구니에 가득 찬 빨래를 세탁기에 가져다 붓는다. 이제 글을 써볼까 싶은데, 반려견 우주가 바짓가랑이를 입으로 물어 잡아끈다. 발아래엔 꼬질꼬질한 우주의 장난감이 놓여 있다. '너 글쓰기 싫지? 그러니까 나랑 놀아.' 말하는 것만 같다. "그래, 조금만 놀자." 신나서 수제비 같은 귀를 펄럭이며 거실로 향하는 우주의 뒤를 나도 신나게 쫓는다. 쓰기로 했던 것들이 저만치 멀어진다.

잠깐 허리만 펴야지 생각하며 드러누운 거실 소파에서 낮잠을 2시간이나 잤다. 취한 것처럼 몽롱하게 낮잠에서 깨어나 책상 앞에 간신히 앉는다. 어느새 해가 뉘엿뉘엿 진다. 모니터는 여전히 백지상태다. 나는 늘 자기반성보다는 장비나 환경을 탓하는 소인배. 해야 할 일을 마저 미루고, 또 딴생각한다.

"버지니아 울프가 그랬어. 작가에겐 자기만의 방이 필요하다고."

나는 '자기만의 방' 그러니까 작가다운 작업실을 가진 나의 모습을 상상해 본다. 큰 창으론 따스한 햇볕이 쏟아져 들어오고, 간간이 불어오는 바람에 반투명한 시폰 커튼이 하늘하늘 흔들린다. 벽면엔 맞춤형으로 제작한 듯 천장까지 딱 맞게 이어진 견고한 책장이 있고, 그 안엔 좋아하는 책이 빼곡하게 꽂혀 있다. 반질반질 윤이 나는 원목 책상은 둘이 탁구를 해도 될 만큼 널찍하다. 그 위에는 노트북 한 대와, 가지런히 쌓여 있는 책들과 여행지에서 산 것으로 보이는 고급스러운 문양의 커피잔이 놓여 있다. 그 방에 있는 나는 평소와 다른 옷을 입고 있다. 목 늘어난 티셔츠와 쭉쭉 늘어나는 냉장고 바지가 아닌, 깔끔하게 다려진 리넨 셔츠를 입었다. 시력이 좋은 편인데도 독특한 모양의 안경도 꼈다. 그 책상에 비스듬히 기대 소설을 펼쳐서 들고 있다.

"작가에게 작업실이란 글쓰기를 방해하는 모든 요소를 제거한 진공의 공간이며, 그 자체로 글쓰기 세계로 진입하는 웜홀이다."

"그래, 작업실만 있으면 대작을 쓸 수 있을 것 같아." 네이버 부동산 매물, 직방, 다방, 네모. 부동산 중개 사이트 이곳저곳을 기웃거린다. 상상 속 작업실을 구현할 수 있을 법한 멋진 공간들이 많았다. 통창 밖으론 북한산이 보이거나, 도시의 멋진 야경이 펼쳐졌다. CCTV 같은 보안 시설도 잘되어 있고, 교통도 편리해 손님이 찾아오기에도 좋아 보였다. 작업에 열중하다가, 딩동 벨 울리는 소리에 우아하게 나가 손님을 맞이하고 차 한 잔을 대접하는 그런 여유. 제대로 된 작업실만 있다면 그 모든 것을 누릴 수 있을 것만 같다. 그런 곳에서라면 시대를 대표하는 걸작을 쓸 수 있을 것만 같다. 성공한 작가가 될 수 있을 것 같다.

그러나 수입 없는 가난한 작가에게 월세 100만 원짜리 오피스텔은 가당치 않다. 일회용 커피 컵과 무질서하게 책이 쌓인 책상이 있는 현실로 돌아온다. 아주 조금만 청소하려다가, 결국 안 하던 대청소를 한다.

멋들어진 개인 작업실은 아니지만, 도서관이나 콘텐츠진흥원에서 작가 지원 사업으로 제공하는 1인 작업실을 사용한 적은 있다. 그중 도서관 집필실은 내 눈을 한껏 높인

계기가 됐다. 1인실인 데다가, 넓은 책상에, 집에 있는 책을 모조리 꽂아도 될 것 같은 선반에, 옷장과 잠깐씩 허리를 펼 수 있는 침대까지. 게다가 창문이 있는 방에 당첨되어, 글이 안 써질 때면 커피 한 잔을 마시며 마포구의 시티뷰를 감상했더랬다. 최대 입주 가능 기간 6개월을 꼬박 채우고 그곳에서 키우던 화분 하나를 껴안고 떠나며, 성공해서 꼭 이런 멋진 개인 작업실을 가져야지. 다짐하고 또 했다.

청소하는 동안, 우주는 책상 아래 깔아둔 방석에 웅크리며 잠이 들었다. 놀아달라고 보채는 반려견도 잠들었고, 평소엔 하지도 않을 청소도 다 했고, 높은 작업실 월세를 확인하고 작업실 구하는 일을 단념했으니 이제 글 쓰는 일을 미룰 핑계가 없는 셈이다.

의자에 몸을 맞춰 앉고, 이어폰 대신 헤드셋을 꺼내 든다. 볼륨을 적당히 높이고, 유튜브에서 '심해 고래 소리'를 찾아 재생한다. 낡고 어지럽고, 멋지지 않은 물건들이 가득한 내 방이 순식간에 심해 바다에 풍덩 잠기는 듯하다. 잠시 눈을 감고 바닷속을 유영하는 기분이 되어본다. 부산했던 마음도 덩달아 차분히 가라앉는다.

서서히 뜬 눈앞엔 바다만큼 넓은 백지가 놓여 있다. 차분차분 글자를 새겨 넣는다. 다음 글자 뒤에 그다음 글자를 이으면 문장이 된다. 글자와 문장과 문단과 페이지를 이어 쓰는 이 공간이 가장 완벽한 작업실이 되는 순간이다. 집중하는 데 오랜 시간이 걸리는, 어쩌면 비효율적인 그런 가난하고 소박한 공간이지만 그래도 어찌어찌 오늘도 이곳에서 쓴다.

통통한 소설가는 멋이 없을까

매년 개최되는 국제도서전을 즐길 방법은 다양하다. 발견하지 못했던 책을 알게 되거나, 좋아하는 책을 실컷 사거나, 혹은 출판 동향을 파악하고 인사이트를 얻거나. 그러나 나는 어쩐지 글 쓰는 인간이라면 국제도서전에 가야 하지 않겠냐는 의무감에 꾸역꾸역 티켓을 사게 된다. 2022년에도 그랬다. 지하철만 1시간 넘게 타고, 사람 많고 길 복잡한 코엑스에 내렸다. 설렘보다는 피곤함이 먼저 밀려왔다. 족저근막염이 재발하기 전에, 얼른 보고 집에 가야지 다짐했다.

출판사 부스 이곳저곳을 의미 없이 기웃거리거나, 공짜로 나눠주는 시음 커피 따위로 목을 축이다가 사람들이 긴 줄을 만들어 서 있는 것을 발견했다. 나는 까치발을 들고서 줄 끝에 누가 있는지 살폈다. 누군가 테이블에 앉아 책에 사인을 해주고 있는 모양이었다. 긴 줄의 앞쪽까지 다가갔다. 얼마나 대작을 써야, 사람들이 이토록 오랜 시간을 기다리며 사인을 받고 싶은 작가가 될 수 있을까. 쓸데없는 생각을 하며 서 있는데, 한 무리의 사람들이 쑥 빠져나갔다. 그 사이로 보인 건, 《채식주의자》, 《작별하지 않는다》, 《소년이 온다》 외 다수의 소설을 쓴 한강 작가였다. 단정하게 늘어뜨려진 머리카락, 파리하게 마른 몸, 그러나 결코 가벼워 보이지 않는 우아한 몸짓과 그윽한 눈빛. 작가라면 이런 모습이겠거니, 상상했던 이상향 그 자체였다.

"진짜 작가 같네."

나는 혼잣말을 중얼거렸다. 국제도서전에 함께 온 친구 하나가 내 말을 듣고 공감이 되었는지 고개를 끄덕였다. 좋은 작품을 쓰고, 또 방송에도 출연하는 소설 작가들이 많지만, 왠지 모르게 한강 작가는, '진짜' 작가 같다고 생각하게 되는 사람이다.

산 책 몇 권과 잡동사니를 끌어안고 집으로 돌아왔다. 온종일 걸은 탓에 피곤했고 땀에 전 온몸이 찜찜했다. 국제도서전에 잘 다녀왔냐는 동생의 물음에도 시큰둥하게 대답하고, 훌렁훌렁 입고 있던 옷을 벗어 던졌다. 평소 같으면 아무 생각 없이 샤워기의 물을 틀고 몸에 끼었느라 정신이 없었을 테지만, 이날은 조금 달랐다. 거울 속에 비친 내가 낯설었다. 제멋대로 뻗친 머리카락, 글을 쓰며 부쩍 살이 쪄 군살이 덕지덕지 붙은 몸, 우악스러운 몸짓과 더위에 찌들어 짜증스럽게 변한 눈빛. '진짜 작가'와는 거리가 면, 지독히도 평범한 아니 평균 이하의 여자가 우뚝 서 있었다. 분명 욕실엔 나 혼자인데도, 헐벗은 나를 수많은 사람이 보고 있는 것만 같은 부끄러운 감정이 밀려왔다.

"통통한 소설가는 멋이 없어. 난 진짜 작가가 되고 싶어."

'진짜 작가', '인정받는 작가'가 되는 일은 간단하다. 좋은 소설을 쓰면 된다. 그러나 좋은 소설 쓰기란 새내기 소설 쓰는 인간에겐 막연한 일이므로, 나는 또 쓸데없는 것에 한눈을 판다. 유명한 작가가 되기 전까지 다이어트를 하겠다는 것. 그리하여 진짜 좋은 소설을 써서, 갑자기 유명해졌을 때 멋진 모습으로 사람들 앞에 서겠다는 것이었다. 글을 쓸 다짐도 이렇게 확실하면 얼마나 좋으련만, 나는 그렇게 다이어트에 사로잡혔다. 평생 살며 안 해봤던 것도 아닌데, 글 쓸 시간을 쪼개 포털 사이트 이곳저곳을 뒤적이며 최고의 다이어트 방법을 찾는 데 썼다. 적게 먹고 운동하기. 단순한 법칙은 이미 오래전부터 알고 있으면서도, 실천하지 못했던 것들이다. 나는 빈 종이를 꺼내 요즘 유행한다는 '키토 다이어트'라는 글자를 쓰고 벽에 붙였다. 휴대전화를 집어 들고 온라인 마트에 접속해 단백질이 풍부한 재료들을 장바구니에 모조리 쓸어 담았다. 적게 먹으라는 원칙과 달리, 나는 다이어트를 결심하기 전보다 더 많은 것들을 먹을 계획을 세운다. 다이어트에 성공하고, 멋진 소설을 발표해 대중 앞에 선 소설가가 된 나의 모습을 떠올린다. 상상은 늘 즐겁다.

　그로부터 1년이 훌쩍 지났다. 다이어트는? 실패했다. 멋진 소설가의 외모를 갖추기는커녕 그 근처에도 가지 못한 셈이다. 원인을 꼽자면 떡볶이 때문이다. 소설이 막힐 때마다 눈물이 쏙 빠질 정도의 매운 떡볶이를 먹지 않으면 안 되었다. 소설을 더 잇기 위해서 하루가 멀다 하고 떡볶이를 뱃속에 충전했다. 요즘만큼 다채로운 떡볶이를 맛볼 수 있는 시대도 없다. 크림, 로제, 투움바, 짜장 심지어 마라까지! 종류를 바꿔가며 끼니 대부분을 떡볶이로 때우는 바람에, 닭가슴살은 유통기한을 넘겼고, 방울토마토는 물러 금세 곰팡이가 폈다. 글 쓴다는 핑계로 체육관에 나가 운동도 하지 않으면서 살은 더 빠른 속도로 쪘다. 오늘도 인생 최고 몸무게를 갱신하는 중이다.

　술도 담배도 하지 않는 내게 매콤하고 달콤한 떡볶이는 완벽한 길티 플레저(guilty pleasure)다. 끊을 수 없는 마지막 행복이지만, 멋진 작가라는 겉모습과 완전히 멀어진다는 죄책감도 함께 밀려온다. 그렇다고 떡볶이를 먹는다고 막힌 소설이 뻥 뚫리느냐, 그것도 아니다. 떡볶이고 다이어트고 나발이고 그에 앞서 좋은 소설을 써서, 훌륭한 작가가 먼저 되면 그만인데 자꾸 딴 생각이다. 웃긴 건 지금 이

순간에도 저녁에 떡볶이를 먹어야겠다 생각한다는 거다.

길만 걸어도 '내가 소설가요' 하는 아우라를 뿜는 작가가 되고 싶다. 우아하지만, 차갑고 날카로운 분위기를 풍기는 그런 작가가 되고 싶다. 현실은 반대다. 나는 자꾸 둥글어진다. 배달 온 지 꽤 시간이 지난 떡볶이의 미지근한 온도를 닮았다. 고고한 자기만의 세계를 가진 작가이고 싶은데, 자꾸 경계없이 쉬운 사람이 되는 것만 같다. 인상이 좋다며, 도를 아시냐고 물어오는 사람들이 길을 막아선다.

통통한 소설가는 멋이 없을까. 다이어트도, 훌륭한 소설 쓰기에도 매일 실패를 거듭하는 나는 자꾸 스스로에게 질문을 한다. 그 질문엔 늘 마땅한 답을 찾지 못한다. 다만 그것만은 확실히 알 것 같다. 글을 쓰게 하는 떡볶이의 '맛'이 없었더라면, 나는 지금껏 쓴 소설들 중 상당 부분을 쓰지 못했을 것이라고. '맛'이 없느냐, '멋'이 없느냐 그것이 문제로다. 나는 오늘도 글 안 쓰고 쓸데없는 생각에 푹 빠진다.

이렇게 살면 불안하지 않으세요?

작은 책방에서 목요일, 금요일 파트타임으로 근무할 때였다. 2018년에 쓰고 펴내었던 여행 에세이 책《금요일 퇴사 화요일 몽골》이 이곳에도 판매되고 있었고, 나는 책을 잘 보이게 진열한 뒤, 책 표지를 다 가릴만한 크기의 종이에 구구절절 '이 책을 사야 하는 이유'에 대해 적어 붙여두었다. 처음엔 큼지막한 메모 종이가 붙은 내 책이 너무 튀어 보이는 것은 아닐까 자꾸 힐끔거리게 됐다. 그러나 한 주가 지나고, 한 달이 지나고, 또 그로부터 몇 달이 지나는 동안 손님들이 내 책을 거들떠보지도 않는다는 잔혹한 사실을 알게 됐다. 내 책을 '발견'하고, 그 책이 책방에서 일하는 사람이 쓴 것이라는 사실을 메모로 알게 되고, 그 정성에 감읍해 책을 구매까지 하는 사람은 마치 복권에 당첨될 확률처럼 희박했다.

그날, '그 손님'은 이런 희박한 확률을 뚫고 나타난 은인 같다고 생각했다. 점심시간 즈음이었다. 회사 신분증을 목에 건 한 무리의 사람들이 책방으로 들어왔다. '그 손님'도 그 무리 중 한 사람이었다. 그는 책방 이곳저곳을 살피다가 내 책《금요일 퇴사 화요일 몽골》을 집어 들었다. 나는 손님이 책을 편하게 살펴볼 수 있도록, 일부러 다른 일에 집중하는 척하곤 했는데, 속으론 쾌재를 부르고 있었다.

글을 쓰고, 책을 팔아보니 알게 되었다. 독자 혹은 예비 독자가 내가 만든 책을 보고 있는 건 얼마나 귀하고 기쁜 일인지를! 나는 다짐했다. 내 책의 진가를 알아본 손님에겐 간이고 쓸개고 빼줄 태세로 친절하게 대해주리라.

"혹시 이 책을 쓴 작가님인가요?"

올라가는 입꼬리를 간신히 아래로 누르며, 고개를 끄덕였다. '그 손님'의 얼굴은 마스크로 가려져 있었지만, 눈을 보아하니 선한 인상을 가진 듯했다. 나도 한껏 경계를 풀었다.

"궁금한 게 있는데요. 이. 렇. 게 사시면 불안하지 않으세요?"

많은 생각이 드는 질문이었다. 기껏해야 독립출판에 대한 것이나, 여행 에세이를 쓰는 방법에 관해 묻겠거니 생각했던 차였다. '이렇게' 사는 게 뭘까. 게다가 불안하냐고? 나는 나도 모르게 '불안'했던 걸까. 혹은 불안해야만 하는데 실수로 편안하게 사는 것일까. 이건 소크라테스와 앉아 밤새워 토론해야 할 주제 같았다. 삶을 가로지르는 중차대하고도 예민한 질문을 생면부지인 사람이 건네는 건 불편한 일이 분명했다. 나는 애써 웃어 보이면서 되물었다.

"이렇게 사는 게 어떤 건데요?"

그는 내 질문에 대답하지 않고 하고 싶은 말들을 횡설수설 늘어놓기 시작했다.

　　"저도 하고 싶은 게 있는데요. 지금 직장이 워낙 안정적이고, 연봉이 높기도 하고. 포기할 수가 없더라고요."

　　"그럼 퇴근 후에 하고 싶은 걸 하시면 되잖아요?"

　　"퇴사하지 않고는 할 수 없는 일이라서요."

　　"그럼 나중에 퇴사하시고 하시면……."

　　"퇴사하기엔 워낙 안정적인 직장이어서."

　　"……."

　　마음을 그릇의 크기로 비교할 수 있다면, 내 마음은 간장 종지에 가깝다. 조금만 방심해도 마음에 담긴 것들이 흘러넘치고 만다. 안정적인 직장에 다니고 있어서, 다른 사람의 불안을 걱정하는 여유까지 가진 손님을 향한 너그러운 마음 따위 이미 사라진 뒤였다. 그런 마음을 알지도 못한 채 그는 30분 넘도록 자신이 얼마나 성실하게, 하고 싶은 일을 포기하면서까지 높은 연봉을 받으며 일하고 있는지를 늘어놓았다.

　　"그러니까 제 말은 이렇게 살면 불안하지 않으신지, 그게 정말 궁금해서요."

　　"세상에 완벽하게 안정적인 직장이 있기는 할까요?"

"네? 제가 다니는 곳은……."

"설령 손님 직업이 공무원이어서, 그래서 직장이 안정적이라고 하더라도 당장 내일 사고가 나거나 병이 나서 직장을 그만두게 될 수도 있겠지요. 그렇게 생각하면 불안한 건 마찬가지일 것 같아요. 만약 제가 불안한 삶을 살고 있다면, 모두가 불안한 삶을 살아가고 있는 거 아닐까요."

손님의 말에 악의는 없었는지 모른다. 그저 자신이 살아보지 않은 타인의 삶이 궁금했는지도 모른다. 하지만 내가 느낀 불편한 감정까지 무시하면서까지 그의 말을 수용하고 싶진 않았다. 주 5일 근무하는 회사원으로 9시 출근, 6시 퇴근을 하면 불안하지 않은 걸까. 그 기준에 벗어나는 삶은 불안한 것이라 전제해도 되는 것일까. 내가 재벌집 막내딸이라서-실제로는 서민의 맏딸-작가 일도, 책방 파트타임 일도 모두 사회 경험을 쌓으려 하는 취미 활동이면 어쩌려고.

그런데 이쯤 되면 정말 궁금해진다. 진짜 소설 쓰면서 사는 게, 그 손님의 표현대로 '이렇게' 사는 게 불안하지 않을까. 불안하지 않을 리 없다. 오늘도 이따위 글을 쓰고, 미래에 이 글로 먹고 살 수 있을까 수없이 고민하고 좌절한다. 하지만 계속 쓰는 삶을 이어가는 것은, 회사원 생활을 하던 그전에도 나는 불안하고 막막한 인간이었기 때문이다. 나만 불안한 것이 아니란 것도 안다. 모두가 그렇다. 꼭 어떤 상황에 놓인 사람만 불안한 것이 아니라, 인간으로 태어난 이상 그렇게 살 수밖에 없는 것이다.

아무튼 간장 종지는 뒤끝도 길다. 그때의 일을 훌훌 털어내기는커녕 글까지 써서 남기며 푸념한다. 에잇, 잡생각할 시간에 소설이나 더 열심히 써야지. 보란 듯이 멋진 소설을 써야지.

궁둥이로 쓰는 소설 1

"소설 어떻게 쓰세요?" 물어오면, 나는 "궁둥이로 씁니다." 대답한다. 손도, 머리도 아닌 '궁둥이'란 대답에 적잖이 실망하는 사람들도 많다. 궁둥이는 멋지지 않으니까. 뭔가 떠올리기만 해도 민망하니까. 내가 탄탄한 애플힙이라도 가지고 있었더라면, 조금 더 설득력이 있었을까. 아무리 더 좋은 표현을 찾으려 해도 마땅한 것이 떠오르지 않는다. 나는 천재와는 거리가 먼, 성실과 노력으로 소설 쓰는 인간. 궁둥이를 붙여야만 소설을 쓸 수 있는 인간이다. 궁둥이로 소설 쓴다는 말에 따르는 민망함은, 질문자의 몫으로 던져둔다.

"영감이 찾아오기를 기다리고만 있을 수는 없다. 몽둥이를 들고 영감을 찾아 나서야 한다."

미국의 소설가이자 사회평론가였던 잭 런던이 남긴 말이다. 나는 영감을 찾기 위해 몽둥이가 아닌, 궁둥이를 의자에 딱 붙이고 소설 쓰기를 위한 영감 사냥에 나선다. 가볍게는 뉴스 포털 사이트 이곳저곳을 기웃이며, 밤사이 일어난 사건·사고를 살핀다. 때때로 종합 일간지를 뒤적이기도 한다. 해마다 발행되는 《트렌드 코리아》의 아무 페이지나 펼쳐 읽는 것도 좋아한다. 이런 때면, 소설을 쓸 재료들이 차곡차곡 곳간에 쌓이는 기분이 들어 든든해진다. 유일한 부작용이 있다면, 모든 이슈를 소설 쓸 재료로 생각한다는 데 있다는 것뿐.

과도한 입력에 머리가 지끈거릴 지경인데도, 도무지 소설 쓰기에 돌입하지 못한다면 앉은 자리에서 '일기'를 쓴다. 내 마음에 품고 있던 솔직한 생각들, 주워들었던 말들, 움직임들, 배경들, 감각들, 상황들을 마구 쏟아낸다. 종이 일기보단 노트북 메모장을 이용해 후루룩 써 내려간다. 정성껏 쓰기보단 배설한다는 느낌으로 후루룩. 그렇게 쓰면서 생각을 온갖 것에 뻗치다 보면, 어느 지점에서 '툭'하고 마음이 걸린다. 보통은 한 '인물'의 앞에서 멈춰 선다. 상상 속에서 나는 그 인물에게 "왜 그랬을까?" 하고 질문을 던져 본다. 보통은 쉽게 답을 들려주지 않는다. 하고 싶은 말이 있는데, 하지 못하는 것만 같아 마음이 쓰인다. 그의 주변을 빙빙 맴도는 것 같은 상태가 된다. "어떻게 '그'의 이야기를 설득력 있게 전달할 수 있을까?" 하는 고민의 지점이 내 소설의 시작점이다.

인물이 떠올랐다면, 더더욱 궁둥이를 뗄 수 없다. 머릿속에 불현듯 떠오른 인물을 붙잡고, 앉은 자리에서 취조하지 않으면 안 된다. 인물의 나이와 성별과 직업, 배경을 살펴본다. 그리고 그 인물이 평범한 일상을 살았을 나날을

152

가장 먼저 떠올려 본다. 나는 이를 더 구체적이고 선명하게 만들기 위해, '일단' 쓰는 편이다. 쓰면서 깊고 넓게 인물을 알아가는 시간을 보낸다. 내 소설에선 외계인이나 초능력을 가진 인물, 영웅이 주인공인 경우는 무척 드물다. 그리 특별하지도 강렬하지도 않은 아주 작고 작은 인물들이 대부분이기에, 자칫 잘못하면 내 기억 깊은 곳으로 꼭꼭 숨어버리기 때문에 세부적인 사항까지 모두 기록하는 마음으로 써야 한다. 되도록 빠르게, 문법이나 재미는 전혀 신경 쓰지 않고 쓰는 게 핵심이다. 인물이 가려는 대로 가게 하고, 말하고 싶은 대로 말하게 한다. 그렇게 A4 기준 서너 장을 쓴다.

그러다 보면 내가 관찰하듯 쓴 인물의 결점이 가장 먼저 떠오른다. 그 결점과 관련된, 인물의 숨어 있는 욕망도 어렴풋이 알게 된다. "네가 이런 사정 때문에, 하고 싶은 걸 못하고 지금의 일상을 살아가고 있구나." 하는 생각에 미치게 되면, 그제야 빈 종이 한 장을 키보드 옆에 올려두고 펜을 집어 드는 것이다. 거미가 집을 만드는 것처럼, 씨줄과 날줄을 인물의 이름과 상황들 속에 그어보는 작업을 한다. 이 과정에서 다채로운 인물들이 각자의 사연을 들고 등장한다. 마치 오디션을 보는 감독처럼, 다양한 직업군과 나이, 배경을 가진 사람들 사이에서 적합한 사람을 고른다. 혹은 적합한 사람을 수소문해 찾기 위해 인터넷을 다시 뒤적이기도 한다.

너덜너덜해진 A4 용지 여러 장에, 단박에 알아보기 힘든 메모가 빼곡해지면 잠시 궁둥이를 떼어도 좋다. 모든 것을 붙잡아 둔 것 같은 의기양양한 상태이기 때문이다. 놓친 끼니를 해결하고, 잠시 허리 스트레칭을 한다. 이때엔 꽤 멍한 상태가 되곤 하는데, 약간의 환기를 위해 산책하러 나가거나 마트에 들러 저녁에 먹을 음식 재료들을 사오기도 한다.

다시 책상 앞에 앉으면, 완성한 거미줄을 꼼꼼하게 살핀다. 그 위에 인물의 결핍, 욕망과 관련된 사건 하나를 투하해보는 것이다. 머릿속으로 이런저런 사건을 떨어뜨리다 보면, '펑' 하고 큰 폭발음을 내는 이야기 하나쯤 발견하기 마련이다. 소설의 초고는 거기서부터 시작한다. 역시, 궁둥이를 붙이지 않고서는 불가능한 작업이다.

쓰고, 쓰고, 쓴다. 비장하게 쓴다. 신나게 쓴다. 눈을 감고도 쓴다. 눈을 떴지만 온갖 생각에 잠겨 쓴다. 궁둥이가 아리지만 쓴다. 열심히 쓰고 있는 내 모습을 보면, 때때로 사람들은 묻는다. "어떻게 이렇게 빨리 쓰나요?" 나는 멋쩍게 대답한다. "아무렇게나 쓰는 거예요. 진짜, 아무렇게나." 중반까지는 빠른 속도로 소설 속 인물들을 사건 속에 '정신없게' 휘말리게 하는 게 유일한 목표다. 이는 작가 자신도 정신없는 상태를 유지하기 위해서기도 한데, 쓰는 내가 '합리적'이거나 '이성적'으로 최선의 판단을 내릴 여유가 생기면, 소설 속 인물들도 그런 판단을 내리기 십상이기 때문이다. (이는 나와 같은 햇병아리 작가에 한정된 내용이다.) 빠른 속도로 몰아치는 동안, 인물들은 잘못된 선택의 길로 빠져들거나 새로운 국면을 마주하게 된다.

아무렇게나, 마구 써서 소설의 중반부에 이르면, 마치 살아 있는 인물들과 함께 길을 헤맨 기분이다. 때때로 그들이 살아 숨 쉬는 사람들처럼 느껴져, 안부를 묻고 싶어지기도 한다.

궁둥이로 쓰는 소설 2

전력 질주를 하듯 빠른 속도로 쓰던 소설도, 어느 지점에 이르면 완전히 멈춰서는 때가 있다. 소위 '막혔다'는 부분이 내겐 이런 순간에 찾아온다. 대책 없이 막힌 구간 앞에서, 나는 끙끙대는 것을 그리 좋아하는 편이 아니다. 나는 빠르게 소설의 맨 앞으로 돌아간다. 군더더기가 많이 붙어 묵직한 소설들의 장면을 잘게 쪼개는 작업을 한다. 장면을 설명할 수 있는 작은 제목(나만 알아볼 수 있는)을 붙이는데, 소설을 다 쓴 뒤 어떤 소제목은 살려두기도 한다. 이렇게 쪼개둔 장면들을 이리저리 퍼즐을 맞추듯 재배열하는 작업을 거친다. 그러다 보면 불필요한 부분이 눈에 띄거나, 빈틈이 보인다. 불필요한 부분은 과감히 삭제하고, 빈틈엔 소설의 전체 흐름에서 무엇이 필요할지 떠올려 채워 넣는다. 이때 새로운 인물을 캐스팅하는 경우도 있다. 그럼 다시 소설을 처음부터 살피며, 새 인물이 들어갈 자리를 만들어준다. 소설이 한층 매끄럽고, 흥미로워지는 순간이다.

소설을 조각조각 내어 재배열할 때 가장 중요하게 생각하는 건 내 소설의 '의미'다. 나의 소설이 어떤 의미를 전달하고 싶은지 강조하는 방향으로 수정하거나, 혹은 어떤 의미를 전달할 가능성을 가졌는지 진지하게 고민한다. 이때 인물, 사건, 배경의 세부사항들도 조금씩 조정해본다. 그 과정에서 추상적인 개념을 구체적인 사물에 빗대어 드러내 본다거나, 사회적으로 고민해야 할 문제들도 조금씩 더한다.

본격적으로 이어쓰기 전, 소설의 마지막 장면을 떠올려 본다. 이 단계에서 떠올린 결말은 진짜 결말이 아니다. 하지만 소설의 큰 방향성을 잡기에 무척 도움이 된다. 결국엔 산산이 부서지거나 혹은 주인공의 완벽한 승리가 될지 등의 대략적인 흐름만 잡는 것만으로도, 전체적인 소설의 톤과 진행 흐름을 선명하게 잡기 쉬워진다.

단편소설이라면 되도록 앉은 자리에서 결말까지 써 내려가 초고를 완성하는 편이다. 초고의 8할 이상을 뜯어고치게 되겠지만, 전면 수정을 하게 될지언정 '초고'가 있다는 건 아주 큰 힘이 된다. 완성을 해두고서야 관련된 자료 조사를 하는 경우도 많다. 초고는 보다 자유롭고 너그럽게 봐줘야 한다. 스스로의 등을 토닥토닥, 잘하고 있다고 두드려 줘야 한다. 그래야 조금씩 더 나아갈 수 있다.

장편소설은 매일 이어서 쓰지만, 써둔 부분을 맨 앞부터 읽는 것부터 시작한다. 소설의 중반을 넘어가면서부터는 전체 분량을 기준으로 작업량이 많지 않아 보이는 것은 이 때문이다. 하지만 기초 뼈대 공사를 해놓고, 바닥을 단단하게 다져 나가는 작업을 통해 추후 퇴고 작업에서 '전면 수정'이라는 위험을 피할 수 있게 해준다. 대신 새로이 이어 쓰는 부분은 큰 고민 없이 쭉쭉 써 내려가기 위해 애쓴다. 이때엔 믿음이 필요하다. 초고를 살필 내일의 내가, 혹은 미래의 내가 아주 훌륭히 고쳐 써줄 것이라는 그런 강력한 믿음이!

어찌어찌 결말에 도달하면, '끝'이라고 자신 있게 쓴다. 그리곤 미련 없이 덮어둔다. 짧게는 며칠, 길게는 한 달 정도 묵히는 시간을 보낸다. 써두었던 글일랑 아예 내 인생에 없었던 것처럼 잊고 지내는 것이 핵심이다. 묵혀두지 않고 미련을 가지고 깨작깨작 고치는 건 안 된다. 이리저리 덧붙이고 빼내면서 글이 누더기가 될 것이 뻔하다. 써둔 글을 묵히는 동안엔, 다시 처음의 영감 몽둥이, 아니 영감 궁둥이를 불러오면 그만이다. 의자에 궁둥이를 붙이고, 다음 소설의 주인공이 될 인물을 탐색하는 과정을 거친다. 그럴 기운이 남아 있지 않다면? 오랜만에 친구를 만나러 가거나, 극장에 가서 영화를 보거나 그도 아니라면 대형서점에 들러 베스트셀러를 보며 부러움의 눈물을 흘리면 된다.

묵혀둔 글을 꺼낸 뒤엔 '독자'의 눈으로 읽어본다. "얼마나 재미있나 어디 한 번 두고 보자." 하는 모진 마음으로 읽어보는 것이다. 그렇게 읽다 보면, 나름 공들여 쓴 장면이 억지스럽게 느껴질 때가 있고, 어떤 장면은 전혀 의도치 않았는데 감동적으로 다가오기도 한다. 그런 뒤엔 믿을만한 사람을 소환해 커피 한 잔을 사주며, 인쇄한 글 뭉치를 건넨다. "글 다 읽을 때까진 못 일어나." 엄포를 주고, 글을 읽게 만든다. 어렵게 얻은 첫 독자의 피드백에, 내가 떠올렸던 것을 더해 퇴고 과정에 반영한다.

소설의 진짜 제목은 퇴고하면서 떠올리는 편이다. 소설의 처음과 끝, 상징과 의미들이 어느 정도 자리를 잡은 뒤에 쓰는 편이 좋다. 제목은 후보 몇 개를 정해놓고, 수시로 만나는 지인들에게 이끌리는 것이 어떤 쪽인지 물어본다. 대부분 하나에 표가 몰린다. 소설의 제목은 독자와 만나는 첫인상이니까, 사람들이 지지해주는 제목으로 이름 붙인다.

퇴고는 끝이 없다. 공모전에 당선되거나, 책으로 발행하는 등 다수의 사람들에게 보이기 전까지 퇴고는 계속된다. 완벽한 소설이 어디 있겠나, 생각하면서도 들여다보면 볼수록 수리해야 할 것투성이다. 고칠수록 더 누더기가 되는 것 같은 때도 있다. 그런 땐 또 멈추고, 덮어둔다. 때론 어느 정도 타협을 한 선에서 고쳐 공모전에 제출하거나, 독립출판을 해 세상에 내보내기도 한다.

이렇게 쓰고 보니, 나는 소설을 참 대책 없이 써왔다는 것을 느낀다. 그런데, 소설에 대책이란 게 있을까 싶기도 해 '나 자신 힘내라!' 스스로 응원하게 되는 것도 있다. 다만 소설을 쓰고, 또 써서 '좋은' 소설 비슷한 것을 여러 편 써내게 되더라도, 변하지 않는 건 있다. 소설은 손, 머리, 눈이 아닌 '궁둥이'로 쓴다는 제1원칙 말이다.

혼자 글 쓰면 외로울까?

"배달 왔어요!"

4~5인분의 배달 음식을 회의실 테이블 위에 하나씩 펼친다. 각자의 자리에서 일하던 배고픈 동료들이 하나둘 회의실 문을 열고 들어온다. "냄새 좋다.", "배고파 죽겠어.", "내 덮밥은 이것인가?" 키보드 두드리는 소리만 가득하던 사무실이 금세 화기애애해진다. 자리에 앉아 제 몫의 그릇을 당겨 펼치는 사람들. "받은 월급으로 밥 사 먹으면 끝나." 누군가는 이번 달부터는 꼭 저축을 많이 할 거라며 챙겨온 도시락을 꺼내 든다. 서로의 점심을 흘깃대며 훔쳐보고, 절대 모르지 않을 메뉴의 이름을 굳이 묻는다. "이건 뭐예요?", "치즈계란말이요.", "맛있게 생겼네.", "하나 드셔보실래요?" 빈 나무젓가락을 입에 물고 있던 동료 하나가 반가운 표정을 지으며 계란말이 하나를 날름 집어 든다. 태어나 처음 계란말이를 먹는 사람처럼, 조금씩 베어 먹는다.

회사에 소속되길 그만두고, 혼자서 소설 쓰고 앉아 있는 요즘. 가장 그리운 것을 꼽으라면 바로 동료들과 함께 나누던 점심시간의 풍경이다. 허기진 배를 채우는 것도 중요했지만, 가깝게는 동료들의 지난밤과 더 멀게는 학창 시절 따위의 이야기들을 실컷 들을 수 있는 시간이었다. 경영지

원, 디자인, 기획, 프로그램 개발 가릴 것 없이 나란히 앉아 이야기꽃을 피우던 시간. 여고생으로 돌아간 것처럼 죽이 잘 맞아 신나게 깔깔대던 날엔, 어김없이 눈치를 살피고 사무실에서 도보로 갈 수 있는 가장 먼 곳의 카페까지 굳이 걸어가 커피를 사 오며 소소하게 즐거운 점심시간을 연장하곤 했다.

혼자 소설 쓰는 일은 자유롭다. 꾸역꾸역 쓴 소설을 놓고 기획의 방향이라거나 돈이 될 만하다거나 하는 기준을 들어 지적하는 상사도 없다. 영 집중하지 못하고 모니터 앞에서 길게 늘어지는 하품을 해도, 앉은 지 10분도 되지 않은 시간에 일어나 반려견에게 작은 공 장난감을 던져주거나 갑자기 옷을 홀렁 벗으며 샤워하러 들어간다 해도 눈치 주는 사람 하나 없다. 나는 천성이 조금 고집스럽고 제멋대로인 구석이 있는 사람. 창작하는 인간으로 살아가는 시간에 조금씩 확신을 더해 가는 것은 월급 대신 선택한 자유, 그 때문이다.

하루 1시간, 일주일에 다섯 번. 동료들과의 점심시간은 내가 예상치 못하게 잃은 것 중 하나였다. 너무 당연하고 익숙해서, 회사를 나온 뒤 그리워하게 되겠다고 생각지도 못했던 것이었다. 꼬르륵, 배꼽시계가 울리는 소리는 혼자 있는 공간에서 유독 크게 들린다. 배달 음식을 시켜 먹어볼까 싶어 배달 앱을 켜면, 1인분은 배달에 필요한 최소 주문 금액을 채우지 못하기 일쑤다. 저녁 것까지 장바구니에 담아 배달을 시키면 3만 원에 가까운 금액이 숭덩 빠져나간다. 배달 온 것을 식탁에 풀어 놓는 동안에도 부스럭거리는 비닐 뜯는 소리만 가득하다. "맛있겠다." 혼잣말을 중얼거려 보지만 영 흥이 나질 않는다. 활기찬 점심은 어디가고 없다. 우물우물 고독을 씹어 삼킨다.

혼자 글 쓰면 외롭다. 많이 외롭다. 특히 '혼밥'을 잘하지 못하는 나 같은 인간들은 함께 밥만 먹고 헤어지는 작가 모임이라도 있으면 얼마나 좋을까, 끼니마다 생각한다. 카페에서 작업을 하다가, 점심을 때우려 골목에 있는 식당 근처를 기웃거리다 차마 들어가지 못하고 터벅터벅 걸어갈 때면 고작 한 끼의 끼니 때문에 꿈 따위 포기하고, 아무 회사에나 들어가고 싶어진다. 적어도 어느 회사든 같이 밥 먹는 시간 정도는 있을 테니까. 편의점에서 산 5천 원짜리 도시락을 전자레인지에 데우며 돌아가지 않을 회사에 대해 생각한다. "외로우니까 작가지요." 다른 작가의 말을 떠올리며 물렁물렁한 플라스틱 숟가락에 뜬 밥을 입에 욱여넣는다. 푸석한 밥알이 입안을 데굴데굴 굴러다닌다.

모름지기 이쯤 되면 '그럼에도'라는 말로 시작하는 말을 해야 할 것만 같다. '외롭지만 외롭지 않아요. 소설을 쓰기 때문에 절대 외롭지 않아요.' 마무리 지어야 할 것만 같지만, 그럴 수가 없다. 물론 집중해서 글을 쓰는 동안엔 외로움 따윈 오간 데 없는 것은 사실이다. 소설가 정용준은 그의 책 ≪소설 만세≫에서 아무 힘도 없는 문장 한 줄과 허구의 이야기가 자신을 지키고 보호한다는 환상, 현실에 존재하지 않는 인물이 내 곁에 서서 말을 들어주고 종종 대화도 나눈다고 믿는 망상과 어리석음에 대해 말한 바 있다. 나는 이 말에 무척 공감했다. 허구의 세계에서 창조한 인물들과 이야기 나누다 보면, 외로움을 느낄 새 없는 때가 많다. 다양한 인물들의 희로애락과 그 감정들이 펼쳐지는 배경에 대해 골몰하고, 그들이 겪었을 과거에 대해 떠올리다 보면 혼자인데도 혼자인 것 같지 않은 순간들을 자주 마주한다.

　그러나 어디까지고 그건 소설을 쓸 때나 유의미하다. 나는 든든히 배를 채우고, 다른 사람들에게 나눠 받은 에너지를 양분 삼아 글을 쓰는 사람. 끼니때를 놓쳐 배가 고프고, 아무리 머리를 굴려보아도 같이 끼니를 함께 할 친구가 없는 지금은 외로움을 잊을 집중이란 멀리멀리 날아간 지 오래다. 혼자 글 쓰면 외롭냐고? 외롭다. 너무너무 외롭다. 혼자서도 맛있는 식사를 즐길 수 없는 사람은, 혼자 글 쓰는 삶에 대해 다시 한번 생각해 보시길. 회사에 다니면서도 잘도 글 쓰고, 성공한 작가들이 세상에 많다는 것을!

무명작가들의 모임

혼자 작업을 하다 늦은 오후쯤 되면 하루종일 아무 말도 하지 않은 입에서 단내가 난다. 스팸 전화인 것이 분명하지만, 혹시 중요한 전화이지 않을까 하며 받는다. '여보세요' 대답하려면 명치까지 깊이 잠겨 있는 목을 끌어올려야 한다. 한참 캑캑, 목소리를 가다듬어야 깨끗한 목소리가 나온다. 소설을 쓰는 동안엔 수많은 인물의 행동과 대화에 몰입하게 되는데, 그 때문인지 내가 온종일 아무하고도 말을 하지 않았다는 것을 잊어버리는 때가 많다. 혼잣말이라도 뱉어보려고 하지만, 아무도 없는 방 벽에 튕겨 나오는 듯한 내 목소리를 다시 듣는 일이란 그리 유쾌하지만은 않다.

수요일 저녁 8시를 기다렸다. 친한 작가들과의 온라인 모임이 있기 때문이었다. 우리는 정해진 시간에 각자의 자리에 가장 편한 옷을 입고 앉아, 온갖 주제를 놓고 실컷 이야기 나누었다. 외로운 도시와 밤, 나만 피해갈 리 없는 불행, 고독한 주파수, 삶과 일, 이기적인 마음과 함께 사는 마음, 모든 이의 아름다운 개성, 쥐구멍에 숨고 싶은 실수, 모든 이에게 공평하게 주어진 죽음 등. 우리 삶에 착 달라붙어 있지만, 그래서 더 쉬이 발견하거나 꺼내어 이야기 나누기엔 어려웠던 주제들이 많았다. 그러나 이 모임에선 결코 어렵게 느껴지지 않았다. '그림책'을 매개로 소설, 웹소설, 시나리오, 일러스트, 시 등 다양한 분야에서 활동하는 작가들이 자신이 가진 이야기들을 꺼내 놓았다. 풍부한 이야기들 속에, 우리의 삶이 이토록 다채로운 색깔이었구나 생각할 수 있었다. 게다가 가만히 다른 이들의 이야기에 귀 기울이고 있다 보면, 소설에서 막혔던 부분을 해결할 실마리를 찾게 되거나, 새로운 소설이나 프로젝트의 영감을 얻기도 했다.

분야가 다른 예술을 하는 작가들이지만, 공통점도 하나 있었다. 아직 '무명'이라는 것. 때때로 2시간의 모임 내내 신세 한탄에 불과한 이야기들만 나누다 끝나기도 했다. 어떻게 먹고 살지, 계속 글을 써도 될까, 그림을 그려도 될까, 이번 공모전엔 당선될 수 있을까, 나는 작가로서 가능성이 있는 걸까. 모니터 화면 크기밖에 되지 않은 작은 상자에 제 몸을 구겨 넣은 사람들이 한숨을 푹푹 쉬고, 그것을 듣는 시간을 보냈다. 벽에 부딪힌 막막한 마음과, 바닥에 낮게 깔린 무거운 마음들이 전해졌다. 하지만 비생산적인 시간일수록, 더 인간적인 법. 우리는 온라인에서도 서로의 등을 충분히 토닥일 수 있다는 사실을 깨닫는다. 느슨하게 마음을 잇고, 할 수 있다는 마음을 나누었다. 모임 시간에

전하지 못한 말을 장문의 메시지로 전해오는 따뜻한 사람도 있었다. 느슨하게 이어진 마음으로 다음날이면 조금 더 힘을 내 글을 썼다.

"근데 그렇게 생각하면 안 되는 거 알면서도, 이런 생각도 해요. 차라리 논란이라도 되고 싶다고. 논란이 되었다는 건 유명해졌다는 거니까. 그럼 내 작품을 많은 사람이 봤다는 거 아니겠어요. 지금 상황에선 그래요. 내 작품은 지금 가정통신문 같잖아요. 내 가족과 지인들에게만 발송되는 그런 글을 오래도록 쓰고 있다는 게, 막막하고 갑갑하게 느껴져서……."

"그러게요. 한 번이라도 유명해질 수 있을지……. 그런 말 있잖아요. 똑같이 슬픈 상황이라면 명품 핸드백을 바닥에 내팽개치면서, 벤츠 핸들을 주먹으로 쾅쾅 두드리며 우는 편이 낫다고요. 한강 잔디밭에서 혼자 소주를 마실 게 아니라."

와글와글 토론이 벌어지던 공간이 삽시간 침묵에 휩싸였다. 친구들과 함께 있다가 갑자기 혼자 있는 방에 덩그러니 남겨진 기분이 들었다. 잠옷으로 입고 있는 목이 늘어난 티셔츠, 군데군데 실밥이 터진 냉장고 바지를 입고 있는 내 모습이 화면 속에서 아무 말도 하지 못하고 입만 뻐

끔거리고 있었다.

2년 동안 꾸준히 이어오던 수요일 8시 모임은 이제 열리지 않는다. 특별한 이유가 있는 건 아니다. 이젠 소설, 시나리오, 시, 일러스트. 조금 더 자신의 작품에 집중하고, 비슷한 작업을 하는 사람들과 어울리는 데 더 시간을 보내기로 한 것이다. 모임 멤버 중 한 작가는 무거운 가방을 끌며 다시 학교에 가 배움을 잇게 되었고, 또 다른 작가는 자신이 가진 재능을 강의하며 아낌없이 나누며 산다. 나는 수요일 8시 작가 모임에 영감을 받아, 온라인에서 소설 쓰기를 응원하는 모임 〈소설 쓰기 클럽〉을 열게 됐다. 이제는 소설 쓰는 사람들과 함께 울고 웃는 이야기를 실컷 나눈다. 모두 제각기 자신의 의미를 찾기 위해 하루하루 최선을 다해 나아가고 있다. 그리고 서로를 진심으로 응원하고 있다. 가장 무명일 때 서로의 이름을 불러주던 사람들, 서로의 생각과 작품의 고유한 결을 존중하고 아껴주던 사람들에게서 들려오는 응원은 영양가 있는 찰진 밥 같다. 힘이 불끈 솟는다.

고운 선과 색으로 그림을 그리고 글 짓는 기이해 작가, 로맨스를 쓸 수밖에 없는 사랑스러운 이영주 작가, 작은 동물의 온기와 그들을 닮은 사랑스러운 마음을 전하는 아스터 작가, 공감하지 않을 수 없는 감정을 드라마 시나리오에 담는 김가혜 작가, 차가운 빗속에서도 따뜻한 온기를 그려 낼 수 있는 진영 작가, 멈추지 않는 글쓰기 에너지를 알게 해 준 글지마 작가까지. 지면이 허락하는 때 꼭 이들의 이름을 가장 먼저 불러주고 싶었다. 모두의 삶에, 그리고 그들의 삶이 깃든 작품들에 사랑과 응원을 듬뿍 담아 보낸다.

욕망, 욕망, 욕망

무던한 성격을 장점이라 여겼다. 감정이 이리저리 널뛰지 않는 것을 강점이라 자랑하는 때도 있었다. 눈 앞에 펼쳐진 사태에 한탄하기보다는 이성적으로 해결책을 찾는 게 옳다고 생각했다. 패션, 메이크업, 최신 IT 기기, 여행……. 그 어떤 것에도 큰 흥미가 일지 않아, 회사 생활을 하면서 번 적은 월급을 쪼개 저금을 할 수 있는 삶을 다행이라 여겼다. 소설을 쓰기 전까진.

"이 소설이 아쉬운 게 있다면, 주인공이 욕망이 없다는 거예요. 매사에 합리적이고 이성적이지요. 아마 글쓴이가 평소 인생을 살아가는 방식과 닮았을 거예요. 주인공에게 자연스럽게 발현이 된 거지요."

소설 합평반에서 수업을 들을 때 선생님은 내게 이런 조언을 해주셨다. 변명할 여지 없이 맞는 말이었다. 목표가 없는 주인공은 움직이지 않았다. 눈만 끔벅끔벅하며 작가를 바라본다. "그다음에 나는 뭘 하면 돼?" 하고 묻는 것만 같다. 목표가 없는 주인공은 내면적으로나 외면적으로 변화를 겪을 기회도 얻기 힘들다. 소설은 결말에 이르러 변화하는 인물을 그려내야만 한다. 나는 선생님의 말씀에 고개만 주억거렸다. 내 습작 소설이 인쇄된 종이 귀퉁이에 '욕망'이라 크게 적었다. 이론으론 빠삭하지만, 실천하기 쉽지 않은 것들이 있다. 다이어트가 그렇고, 아침형 인간으로 살기가 그렇고, 글쓰기가 또 그렇다. 나는 분명히 안다. 소설엔 욕망이 꼭 필요하다는 것을. 그러나 자꾸 욕망은 물과 기름처럼 내 소설에서 분리되어 어디론가 둥둥 떠내려가 멀리 사라지는 것만 같았다. '욕망'이라 쓴 글자 옆에 나는 작은 별을 백만 개쯤 그릴 요량으로 연이어 그리기 시작했다. 별이 새까맣고 빼곡하게 욕망 주변을 채웠다. 막막하고 검은 우주를 닮았다고 생각했다.

내 소설은 왜 재미가 없을까, 혼자 속으로 끙끙 앓던 때였다. 합평반 선생님은 내 소설의 문제를 정확히 짚어냈다. 선생님은 '아쉬운 점'이라 돌려 말해주셨지만, 실은 치명적인 수준의 문제였다. 소설의 주인공에겐 욕망이 필요했다. 그것도 소설의 멱살을 붙잡고 이끌고 갈 아주 강렬한 욕망이. 그러나 욕망과 거리감 있는 인간이 갑자기 욕망에 사로잡힐 리 만무했다.

"그렇다면 노력형 욕망의 화신이 되어보는 거야."

타고난 모범생 기질이 발휘됐다. 나는 욕망을 공부해 보기로 했다. 드라마, 영화 가릴 것 없이 '욕망'을 중심에 놓고 보기 시작했다. 성공한 작품에는 어김없이 주인공의 강렬한 욕망이 드러나 있었다. 같은 욕망이 있더라도, 등장

인물의 성격과 배경에 따라 그것이 드러나는 방식은 천차만별이었다. 훌륭한 작품은 욕망을 중심축으로 해 그 모든 것을 흥미롭게 엮어냈다. 처음과 끝이 매끄럽게 이어졌다.

나의 욕망 공부 때문에 주변 사람들도 덩달아 괴로워졌다. 평소의 나는 모든 것을 내 방식대로 대충 이해하고 넘어가는 그런 부류였다. 구태여 다른 사람의 생각을 캐묻는 것을 무례라 생각하며 살아왔다. 그런 성격을 가진 나를 좋아했던 사람들이었을 것이다. 그랬을텐데, 어느 날부터 안부 대신 뜬금없는 질문에 답하느라 머리를 꽁꽁 싸매게 되었다. "너는 살면서 꼭 이뤄보고 싶은 게 뭐야?", "로또에 당첨되면 뭘 가장 먼저 해보고 싶어?", "결혼했는데, '짜잔' 하고 꿈에 그리던 이상형, 소울메이트가 나타났어. 어떻게 할 것 같아?", "우린 어린 시절에 다 꿈이 있었잖아. 근데 그 꿈을 언제부터 내려놓게 된 걸까. 왜?", "인생을 리셋할 수 있다면 뭘 해보고 싶을 것 같아?" 미간에 주름까지 만들어가며 진지하게 질문을 쏟아내면, 지인들은 우물쭈물 "잘 모르겠네. 그러지 말고 치즈케이크 먹어봐. 맛있어." 말을 돌리곤 했다.

노력의 성과는 더디게 쌓여갔다. 내가 쓰는 소설 속 인물은 여전히 자신이 무엇을 원하는지도 모른 채 소설 속 세계를 그저 배회하는 것만 같았다. 나는 소설을 잠시 내려놓고, 빈 워드프로세서에서 화면 하나를 띄웠다. 주변 사람들을 괴롭혔던 질문들을 하나씩 적어 내려갔다. 질문을 다 채운 뒤엔 스스로 답해보기로 했다. 내 마음인데도, 쉽게 써 내려갈 수가 없었다. 타닥타닥, 키보드를 두드리는데, 진짜 마음은 쉽게 드러나지 않고 변죽을 울리는 두루뭉술한 대답만 하고 있었다. 나는 나 자신에게도 솔직하지 못하구나, 생각했다. 그리고 이내 안쓰럽게 느껴졌다. 이리저리 목적 없이 배회하는 소설 속 주인공을 연민하는 그런 마음 같았다. '충분히 욕망해도 돼. 네가 원하는 걸 말해도 괜찮아.' 나는 나를 달랬다. 가라앉은 마음이 붕 뜨는 기분. 조금은 신이 나는 기분. 나를 들여다본다는 것, 그 안에 든 것이 무엇이든 힘껏 응원한다는 것. 나 자신을 아낀다는 건 이런 것이구나. 나는 뒤늦게 깨달았다.

여전히 나의 소설 쓰기는 난항을 겪고 있다. 욕망과 목표가 없고, 그리하여 드라마틱한 변화를 겪지 못한 밋밋한 주인공들이 사는 세상을 그린 시답잖은 소설을 쓴다. 그러나 나는 계속 써보기로 한다. 소설을 쓰며 나는 매일 새로워지기 때문이다. 내가 원하는 것이 조금 더 분명해졌고, 좋고 싫음을 분명히 드러내는 것을 조금 덜 주저하게 됐다. 타인이 바라고 원하는 것, 그러나 거머쥐기 어려운 힘겨움을 이해하게 됐고, 그 모든 것들이 결국엔 잘 이뤄지길 진심으로 응원하게 됐다. 아주 느린 걸음으로 변화하고 있다. 작가를 통과한 글은 결국 작가를 닮게 마련이니까. 나의 소설도 천천히 나아가야 할 방향으로 가고 있겠지 생각하며.

에필로그

소설 뒤에 웅크리고 숨어 실컷 떠들고 싶었다

에세이를 쓰며 글 쓰는 삶을 시작했다. 《금요일 퇴사 화요일 몽골》이란 제목을 붙이고, 글을 쓰고 엮어 독립출판을 했다. 이고 지고 다니며 마켓에 나가 직접 팔기도 했고, 책 덕분에 새로운 분야에 도전해 일할 기회도 얻었다. 그러나 나는 이 책을 끝으로 다시는 에세이를 쓰지 않겠노라 다짐했다. 에세이로 나를 드러내는 일은 8차선 도로 위에서 벌거벗고 춤을 추는 것 같은 기분이었다. 부끄러웠다.

소설의 '시옷' 자도 몰랐지만, 소설 뒤에 숨고 싶어 무작정 소설을 쓰기 시작했다. 소설 뒤에 웅크리고 숨어 실컷 떠들고 싶었다. "네가 어떻게 이런 망측한 생각을!" 하며 혀를 끌끌 차고 손가락질하면 "다 지어낸 것인데 무슨 상관이냐" 어깨를 쫙 펴고 배를 내밀며 말하고 싶었다. 상상만 해도 즐거웠다. 웅크린 채 신나게 소설을 썼다. 그렇게 발견한 작은 것들이 귀했다. 그것들을 모으다 보니, 나는 조금씩 변했다. 매일은 아니더라도 계절이 바뀌어 떨어지는 낙엽에서, 오랜만에 만난 친구에서 그 변화를 알아차렸다.

그러나 나는 또다시 에세이를 쓰고야 말았다. 그토록 애정하게 된 소설에 관한 것이지만, 나는 또 입고 있던 옷을 벗어 던지고, 날것의 나와 마주해야 했다. 상상이 아닌 진짜 기억을 헤집어 꺼내어 부려놓고, 무질서한 나의 인생에 의미의 질서를 세워야 했다. 몇 번이고 쥐구멍에라도 찾아 들어가 숨고 싶을 때가 찾아왔다.

제주로 가족 여행을 갔을 때였다. 우리는 해변을 따라 걷고 있었다. 엄마는 그사이 30년도 더 전의 기억까지 다녀온 모양이었다. 돌고래와 물고기, 문어 따위가 그려진 벽화에서 불가사리를 가리키며 엄마는 말했다.

"네가 아주 어릴 때, 손을 잡고 걷고 있는데 땅에 불가사리 하나가 떨어져 있었단다. 그걸 보더니 네가 그러는 거야. '엄마, 땅에 별이 떨어져 있어요.' 너네 커가던 건 이제 기억이 가물가물한데, 이 말 하나는 참 오래도록 마음에 남아있더구나."

다섯 살, 어린 내가 무심코 건넨 말은 엄마의 마음에 깊이 새겨졌다. 바짝 말라 볼품없어진 검붉은 불가사리가 엄마에겐 별이 되었다. 30년이 넘도록 반짝이고, 앞으로도 계속 그럴 것이었다.

글을 쓰는 매순간 햇볕에 바짝 말라가는 불가사리 같은 애타는 마음이 되었지만, 썼다. 소설을 향한 마음을 구구절절 늘어놓았다. 누군가에겐 불가사리 같은 나의 마음 별이 되어 빛나겠지, 오래도록 남는 의미가 되겠지 바라면서.

벌거벗고 춤을 춘다. 지질한 내면이 드러나는 글을 쓰는 일이란 여전히 부끄러운 일이지만, 적어도 외롭진 않다. 내가 읽고 쓴 소설의 인물들과 내 곁의 사람들도 함께 추는 춤이기 때문이다. 그렇다면 이는 8차선 도로 위에서 열리는 페스티벌이 아닐까. 또 다시 부끄러운 에세이를 썼지만, 조금 신이 나도 되지 않을까.

소설 쓰고 앉아 있다는 장녀를 그저 묵묵히 믿어주는 부모님, 언니의 글을 멋지다 말해주는 나의 사랑스런 동생 지혜, 온 마음으로 나의 삶을 응원해주는 도토리, 성공한 작가가 되라고 힘을 주는 친구들, 가장 아름다운 시절을 살아가고 있을 무명의 작가님들, 첫 독자가 되어준 나의 문우들, 소설의 참맛을 알려준 선생님, 소설 쓰는 열정을 함께 나눈 소설 쓰기 클럽 멤버들 그리고 웅크린 이야기를 발굴해준 스토리닷 이정하 대표님께 이 자리를 빌려 감사드린다.

부록

김슬기 작가의 소설 《변온동물》 일부를 공개합니다. 《변온동물》은 울고 웃는 현재의 시간들 속에 숨겨진 주인공 성미와 성미 주변 인물들의 이야기를 통해, 우리의 삶에서 외면해 왔을지 모를 사람들의 존재에 대해 생각해 보는 소설입니다. 소설 전체를 읽고 싶으신 분들은 인터넷서점 알라딘이나 김슬기 작가 인스타그램 @hit_seul 프로필 링크를 참고하세요.

개는 아주 먼 곳에서 죽었다.

성미는 외할머니가 돌아가셨을 때도 눈물 한 방울 흘리지 않았다. 성미가 슬퍼할 것은 따로 있었다. 외할머니의 죽음으로 엄마가 성미의 유일한 혈육이 된 것이었다. 유일한 존재는 성미에게 통증과도 같았다. 장례식장에서도 마찬가지였다. 따악 따악 소리가 나도록 성미의 엄마는 성미의 머리를 연신 때려댔다.

"제 먹을 것만 아는 돼지 같은 년. 정이라고는 눈곱만큼도 없는 머저리 같은 년. 나 죽으면 신나서 춤이라도 출 년."

성미는 엄마의 말이 완전히 틀린 것은 아니라 생각해 억울하지 않았다. 틀리지 않은 말이라고 서운함을 느끼지 말란 법도 없지만, 일일이 억울함이나 분함을 느끼기엔 이런 일은 너무나 빈번하게, 하루 삼시 세끼를 먹는 일처럼 평범하게 일어나는 일이었다. 엄마의 구박에 눈물을 흘릴 성미가 아니었다. 그러나 성미는 외할머니의 장례식장에서 눈물을 보였다. 오른쪽 눈에서 주르륵 눈물이 흘러내렸다. 마음의 문제가 원인이 아니었다. 순전히 외부적인 자극 때문이었다. 머리를 쥐어박힐 때마다 엄마의 왼팔 상복 소매가 성미의 눈을 찔러댔다. 평소 엄마 앞에선 눈물 한 방울

보이지 않던 성미였다. 성미의 엄마는 적잖이 당황했다. 하지만 그 또한 마음의 문제가 아니었다. 눈물 흘리는 사람을 욕하며 계속 쥐어박는 일, 그러니까 고인의 외손녀에게 그런 일이 일어난다는 것은 장례식장을 찾는 사람들의 이목을 끌기에 충분했다. 엄마는 그런 식으로 평판을 깎아먹는 것을 싫어하는 사람이었다. 성미의 엄마는 머리를 쥐어박으며 악담을 퍼붓던 일을 그제야 멈췄다. 그 덕에 성미도 금세 말끔한 얼굴이 되었다. 볼 언저리에 남은 눈물을 훔쳐낸 성미는 장례식장 안에 있는 과자 자판기 앞에 섰다. 성미는 주머니에 가진 돈 모두를 자판기에 밀어 넣었다. 붉게 표시된 버튼을 골고루 모조리 눌렀다. 후드득후드득, 자판기 상품 토출구로 성미를 살찌울 것들이 쏟아져 내렸다. 성미의 입가에 미소가 번졌다.

개는 장맛비가 내리던 6월의 어느 날, 성미의 품에 안겼다. 그래서 개는 '썸머'나 '레인' 같은 이름을 가질 뻔했다가 6월을 의미하는 '준(JUNE)'이 됐다. 썸머, 레인 같은 이름은 너무 개 같은 이름이었다. 개에게 개 같은 이름을 붙이고 싶지 않은 것이 준이 처음 준으로 불리게 된 이유였다. 성미는 그게 꼭 마음에 들었다.

준은 도랑 옆 풀밭에서 고등학생이던 성미가 처음 발

견했다. 성미는 꾀죄죄한 몰골을 하고서 가늘게 떨고 있는 개를 힘겹게 들어 올렸다. 성미는 힘쓰는 것은 여느 남학생들보다 잘할 자신이 있었지만, 개의 무게는 꽤 무거웠다. 제대로 안아 들기 위해 한참을 씨름해야 했다. 개는 순순히 성미의 품에 안겼다.

"준, 주운, 준."

성미는 태어나 처음으로 온기가 있는 어떤 존재에 이름을 붙인 셈이었다. 그것이 즐거워 집으로 가는 내내 히죽히죽 웃었다. 쓰고 있던 우산은 버린 지 오래였다. 대광 샷시 앞을 지날 때였다. 대광 삼촌이 개를 끌어안고 가는 성미를 불러세웠다. 대광 삼촌은 진짜 삼촌은 아니었다. 성미는 매번 삼촌을 삼촌이라 부를 때마다 그의 다른 호칭을 떠올렸다가, 마땅한 것이 없어 삼촌, 하고 불렀다. 진짜 삼촌이라면 엄마와 때때로 안방 침대를 공유하진 않을 것이었다. 엄마는 시내에서 오락실을 운영하는 아저씨에게는 삼촌이라 부르지 말라고 당부했다. 그럼 뭐라고 불러야 하는데, 성미가 되묻자, 엄마는 잠시 집 천장을 보며 골똘히 생각에 잠기더니 '그냥 너는 부를 생각도 말라'고 했다. 그 대답에 성미는 엄마의 확실한 애인은 오락실 아저씨로 여기게 됐다. 대광 샷시 사장 같은 애매한 관계, 그러니까 가

족처럼 집안을 들락거리지만, 가족도 애인도 아닌 사람. 그런 사람을 부르는 호칭이 이모, 삼촌만 한 것이 없다는 사실이 아쉬웠다. 아쉬운 건 단지 그뿐이었다.

"이놈 얼마 전부터 여기 근처를 떠돌던 놈 아니냐."

"그래요?"

"데려가면 네 엄마가 싫어할 텐데."

"……."

성미는 입을 꾹 다물었다. 자신도 모르게 개를 안고 있던 팔에 힘을 주었는지, 개가 낑낑댔다.

"이리 내 봐라."

삼촌은 성미에게서 개를 빼앗듯 데려갔다. 목장갑 낀 손으로 목덜미를 과격하게 잡고 개를 이리저리 뒤집어 가며 살폈다.

"두 살 반쯤 됐겠네."

"삼촌이 어찌 알아요?"

어찌 아느냐고 반문했지만, 성미는 대광 삼촌이 하는 말을 어느 정도 믿을만한 것으로 생각했다. 대광 샷시 앞마당엔 여러 마리의 개들이 묶여 있었다. 한 마리가 사라지면, 조금 더 덩치 작은놈들이 자리를 메우고, 혼자 사는 대광 삼촌이 점심과 저녁에 시켜 먹고 남은 짜장면, 볶음밥

따위를 주식 삼아 먹으며 제 몸을 키워나갔다. 그렇게 대광 샷시 앞마당을 거쳐 간 개만 해도 성미가 본 것만 스무 마리가 족히 되는 듯했다.

"여기 두고 가라."

이곳에 개를 두고 가라면서도 대광 삼촌은 성미에게 개를 건넸다. 삼촌은 성미 엄마의 눈치를 보느라 때때로 말과 행동이 어긋나는 사람이었다. 개는 순순히 성미의 품에 안겼다. 준이 오들오들 떨 때마다, 가을 갈대 같은 까슬한 털에서 물방울이 똑똑 떨어졌다. 준의 체온이 더해진 미지근한 물에 성미의 팔이 젖어 들어갔다.

개가 죽었다는 소식을 알린 건 성미의 엄마였다. 사실 개가 죽었다는 사실을 알리기 위해 따로 엄마가 성미에게 연락해온 건 아니었다. 연락을 먼저 한 건 성미였다. 성미는 서울 생활을 정리하고 중소도시인 고향, 화정에 내려갈 생각을 하고 있었다. 준의 온기가 그리웠다. 성미가 어떤 직업을 가졌든, 외모가 어떻든 상관하지 않고 몸을 비비고 꼬리를 흔드는 개, 성미가 직접 이름 붙인 그 존재만 있다면 서울에 살면서 심해진 마음의 병도 나을 것만 같았다. 아니 그것은 확신에 가까운 일이었다. 준이 사는 집으로 돌아가기 위해선, 그 집의 주인 그러니까 성미의 엄마라는 사람에게 연락을 해두는 일은 꼭 필요한 일이었다. 단지 그뿐이어서 성미는 화정에 돌아가 무슨 일을 할지, 어떻게 지낼지에 대해 생각한 것이 없었다.

"서울 집 정리할 거야. 화정에 내려가려고."

"너 올해 나이가 몇이냐."

"딸 나이도 몰라?"

"그걸 궁금해서 묻는 사람이 어딨니? 너는 그런 눈치도 없어서 서울 생활을 어찌했는지 눈에 훤하다. 밥 많이 먹는 식충이인 줄 알았더니, 나이까지 남들보다 배로 먹는 것 같니 너는."

"정리만 되면 내려갈 거야."

"시울에선 나이만 잔뜩 먹고 오는구나. 제 마음대로 집 나가버릴 땐 언제고 돈 떨어지니까 집에 들어와 기생하려 그러니? 서점에서 계약직으로 일한다더니, 그런 서비스직은 외모가 생명인데. 보나 마나 온갖 핑계 갖다 붙여 사장이 잘랐을 거다. 나라도 그랬을 거야. 너 같은 직원이 들어왔다 생각하면 소름 끼쳐. 사람들이 너 보는 앞에서 흉을 보는 줄 아니? 다 뒤에서 욕한다. 너같이 둔한 애는 알아차리지 못할 곳에서. 분명 돈은 다 먹는 데 썼을 거고. 모아둔 돈 하나 없이 화정에 온다고 꽁으로 있을 생각 말아라. 생활비 받을 거야. 너 먹는 거 보면 남아나질 않아."

"화정에서 일 구하면 바로 나갈 거니까 걱정 말아. 월세 방 구해서 준이랑 나갈 거니까."

"걔, 죽었어."

성미는 '걔, 죽었어' 고작 네 글자로 무언가에 쫓기는 사람처럼 숨이 가빠왔다. 엄마가 막 숨이 멎은 개 사진을 보낸 것도 아닌데 그랬다. 성미는 격화된 자신의 감정이 배신감에서 비롯되었다고 여겼다. 그러나 그 배신감은 엄마에게서만 기인한 것이 아닌 듯했다. 자신에게 허락도 구하지 않고, 연락 한번 없이 감히 죽어버린 개의 몫도 있었다. 배신감의 지분을 생각하는 시간 동안에도 어찌 되었든 그 모든 것을 감내해야 하는 것은 성미, 혼자였다.

… 중략 …

내가 좋아하는 것들, 소설

초판 1쇄 발행 | 2023년 10월 31일

지은이	김슬기
펴낸이	이정하
디자인	jejusoboro

펴낸곳	스토리닷
주소	서울시 서초구 방배동 934-3 203호
전화	010-8936-6618
팩스	0505-116-6618
ISBN	979-11-88613-36-6 (03810)

홈페이지	http://blog.naver.com/storydot
인스타그램	@storydot
전자우편	storydot@naver.com
출판등록	2013. 09. 12 제2013-000162

스토리닷은 독자 여러분과 함께합니다.
책에 대한 의견이나 출간에 관심 있으신 분은 언제라도 연락주세요. 반갑게 맞이하겠습니다.